晚知堂集

刘勉 著

国际文化出版公司

·北京·

图书在版编目（CIP）数据

晚知堂集 / 刘勉著. —北京：国际文化出版公司，
2023.9
ISBN 978-7-5125-1574-1

I.①晚⋯　II.①刘⋯　III.①诗词—作品集—中国—
当代　IV.①I227

中国国家版本馆 CIP 数据核字（2023）第 133714 号

晚知堂集

作　　　者	刘　勉
责任编辑	侯娟雅
出版发行	国际文化出版公司
经　　销	全国新华书店
印　　刷	天津中印联印务有限公司

开　　本　880 毫米 × 1230 毫米　　　32 开
　　　　　6 印张　　　　　　　　　　130 千字
版　　次　2023 年 9 月第 1 版
　　　　　2023 年 9 月第 1 次印刷
书　　号　ISBN 978-7-5125-1574-1
定　　价　49.00 元

国际文化出版公司
北京朝阳区东土城路乙 9 号　　　邮编：100013
总编室：（010）64270995　　　传真：（010）64270995
销售热线：（010）64271187
传真：（010）64271187-800
E-mail：icpc@95777.sina.net

山西重遊紀

所記者凡二十三首
作於戊戌至庚子間
抄於庚子夏以紀念
進晉四十周年

劉勉

校園

梦上二龍山佗
瞭瞰校園花樹
那霎晚習樓
似被綠蔭遮住
靈度靈度
已把比金時摸

汾河

暮立二龍高霽
遠望汾河南注
想那水瀲瀲
一路來償稍駐
歇不歇不
尔已過彎無數

云冈石窟

天下本身一大同
西来佛相渐華容
史家多讚拓跋氏
换罢胡裝入漢融

懸空寺

峭壁大觀懸寺空
先人巧智嘆無窮
依山就勢幾根柱
或許其他有类同

平遙古城

平看龟形千载城
遙聞車水馬龍聲
一輪紅艷漸橋下
遊客正說昌日昇

五臺山

提輦避難本佛懷
圣地為成大開臺
剎度一殷皆好事
唯除楊氏五郎来

鶯鶯塔

唐塔亭亭響四方
近来舍利沫佛光
只因一部西厢記
名改鶯鶯似謬荒

西厢

借厢小住詫回眸
紅娘行媒有智謀
不是天生和地造
同榱發載也難儔

壺口瀑布

遙對呂梁別樣愁
日依壺口也難休
解憂不用杜康酒
但看天河滾滾流

黃河鐵牛二

泥中想必暗深幽
可遏黃龍問世由
運轉時來重見日
依然圓目動衝頭

鸛雀樓

千里慕登鸛雀樓
依稀白日大河流
今生不怨眼無慧
古者明言講到頭

黃河鐵牛一

本該賣力在田疇
命載通橋鎮泛流
孰料河移攔壩起
泥沙衰沒不身由

書法得意
似初得通天功然
字更易
平非
面淨謝同
墨硯

歡迎指正
謝謝先生

金鑲填詞

想德逐高插地山不似時儲詩詞
是來覺必感興光
河自點黃又作癡
才夫疏東算所進
可

◇

　　中学上语文课时，老师讲到一句后来常听到的话："熟读唐诗三百首，不会作诗也会吟。"想着有一天我也来写写诗、填填词，但真正做起来，却无从着手。尤其是学作中国的古体诗词，字数、句数受限制，平仄、押韵有要求，起承转合更是变幻莫测，这些都令还是初学者的我望而生畏。现代的自由诗，虽然字数、句数不限，押韵也不那么严格，该是很自由的了，但也不是想写就能写得出来的。所以我认为，写诗填词难，难的倒不一定是写作技巧和方法，而是要表达的内容与情感，以及想表达怎样的意境、境界。

　　本书所集如称之是作品，可能有些勉强，但称之是习作，应该是可以的。就我而言，比较愿意写七绝、五绝之类的古体诗，句数仅四句，字数二十或三十不到，形式上不用太费脑。填词的话，确定词牌很关键，词常用以抒情，一般说来，某一词牌对应着某一种情感，或者说某一词牌常用于表达某种情感。所以词牌选得恰当，对情感表达有决定性影响。本书中所用词牌，主要受李清照、蒋捷等的启发，比如《如梦令》《醉花阴》《一剪梅》。在学生时代，语文课本中毛泽东的诗词也很多，我对此印象很深，如《卜算子》《西江月》《蝶恋花》《清平乐》等，本书对此也有借鉴。至于杂文，都是之前一时兴起以娱乐为主写的文字小品，有几篇注意了用韵与语感，有类似于现代自由诗的意思，篇数不多，就都归于"杂文"集中。

诗词有一个重要元素，就是韵。《平水韵》是我国历史上广为流传的一部韵书，阳平、阴平、上声、去声及入声五个声部，说是有一百多个韵部。有人说既作古体诗就得依古韵，这话没问题，但我们现代人做起来很难。不说一百多个韵脚能否辨清记住，单就那个入声一部就够人头皮发麻的了。本书还是简单点，按现代普通话的四声，韵的话就按《中华诗韵（十三韵）》，韵脚少而宽泛，符合当今人的阅读语境。词的格律参照的是龙榆生的《唐宋词格律》（上海古籍出版社，2017）。

我有一个感受，就是读别人的作品，哪怕是名家的，也很难感觉到其妙处。究其原因恐怕是对作者的写作背景及要表达的内容不甚了解，要是没人解释一下，只靠读者自己理解很是费劲。故我在本书每首习作后，都写上了一段"后语"，使读者能对写作背景、动机及作者的本意有一个基本了解。当然，作者对自己作品的解释并不比读者的解释更具权威性。如读者的理解与作者的不一致，或者是超出作者本意，都是很正常的现象，欢迎交流。另外，本书最前面的插图是我在闲暇之时写的毛笔字，读者在读诗的同时也可对应欣赏。

虽然早年就有心作诗填词，但没能力实践，就算实践了少许，也是自己都哄不过的。直到七八年前，随着经历多了点，想法也成熟了些，便随手记下了当时的所感所悟，但几乎还是不能看。直到最近两三年，随着笔记的材料有点量了，忽然以前看不懂、想不明的什么韵呀律呀开始有意思了，便把以前记的东西逐步收集、整理出来。固然有意完善，但能力有限，定有不尽如人意、错误不当之处，若有读者予以批评指正，不胜荣幸。

刘 勉

2023年2月12日

第一篇　诗

鹤城访同学不遇　*2*

看"太机"校园照　*3*

近天命感怀　*4*

咏玫瑰花三首　*5*

　　其一　花蕾　*5*

　　其二　花成　*5*

　　其三　花仙　*6*

剥豆　*7*

谢书　*8*

七律　孔望山　*9*

尝东山白玉枇杷　*11*

美人蕉　*12*

品扇　*13*

桂花酒　*14*

秋桂　*15*

贵州掠影　*16*

　　其一　马岭河谷（一）　*16*

　　其二　马岭河谷（二）　*16*

其三　万峰岭　*17*

其四　纳灰村　*17*

其五　黄果树　*18*

其六　天台山　*18*

其七　天龙屯堡古镇　*19*

其八　小七孔桥　*19*

其九　岜沙苗寨（一）　*20*

其十　岜沙苗寨（二）　*20*

十一　加榜梯田　*21*

十二　三宝天下第一侗寨　*21*

十三　肇兴侗寨　*22*

十四　西江千户苗寨　*22*

十五　镇远古城（一）　*23*

十六　镇远古城（二）　*23*

十七　梵净山　*24*

十八　结语　*25*

凤凰古城　*27*

安徽庐江合肥四首　*28*

其一　汤池镇　*28*

其二　孔雀东南飞纪念馆　*29*

其三　三河古镇　*29*

其四　孙立人将军故居　*30*

闻友酒乡行　*31*

阆中滕王阁　*32*

银杏林　*33*

读红楼　　*34*

赞李同学　　*36*

雪　　*37*

南浔杂感四首　　*38*

　　其一　藏书楼　　*38*

　　其二　小莲庄通津桥百间楼　　*39*

　　其三　生意经　　*40*

　　其四　会馆　　*40*

洛阳三首　　*41*

　　其一　白马寺　　*41*

　　其二　拈花一笑　　*42*

　　其三　咏牡丹　　*42*

徽杭古道四首　　*44*

　　其一　江南第一关　　*44*

　　其二　映山红　　*44*

　　其三　蓝天凹　　*45*

　　其四　嬉游　　*45*

打鼓　　*46*

贺刘嘉睿上初中　　*47*

岳阳楼　　*48*

巴蜀小游　　*49*

　　其一　青城山　　*49*

　　其二　汉昭烈庙武侯祠　　*50*

　　其三　旅间小憩　　*50*

　　其四　到重庆　　*51*

其五　回庆江　52

黄山炮台　*53*

梅花洲石佛寺　*54*

巫山红叶　*55*

宝带桥　*56*

其一　56

其二　57

其三　57

观剧大江大河　*58*

读学友文有感　*59*

山西重游记　*60*

其一　校园　60

其二　汾河　61

其三　云冈石窟　62

其四　五台山　63

其五　悬空寺　64

其六　平遥古城　65

其七　壶口瀑布　66

其八　西厢叹　67

其九　莺莺塔　69

其十　黄河大铁牛一　70

十一　黄河大铁牛二　71

十二　鹳雀楼　72

十三　余韵　73

十四　书后　74

证书　　*75*

余姚四明山二首　　*76*

　　　其一　柿林村　　*76*

　　　其二　赤水丹山　　*77*

天平山二首　　*79*

　　　其一　观枫　　*79*

　　　其二　一线天　　*80*

琅琊山　　*81*

赠吉林王璐　　*82*

昆明易门四首　　*83*

　　　其一　赴差　　*83*

　　　其二　宿西山　　*84*

　　　其三　说景　　*85*

　　　其四　龙门　　*86*

冬日赠军哥　　*87*

太仓浏家港　　*88*

职场　　*90*

参观徐霞客故居　　*91*

镇江二首　　*92*

　　　其一　北固楼　　*92*

　　　其二　甘露寺　　*93*

迎同学到江南　　*94*

游石湖　　*95*

望亭望稻　　*96*

昆山张浦廿楼观景　　*97*

雨夹雪　　98

重读自我鉴定　　99

核酸二首　　100

　　其一　奥密克戎　　100

　　其二　检测　　101

惟楚有才　　102

小扇　　103

赞刘晓琴　　104

初冬　　105

癸卯有怀　　106

第二篇　词

卜算子·雨中摔跤杂感　　108

蝶恋花·阳澄湖边遇雨　　109

醉花阴·看梅芸游呼伦贝尔草原影作　　110

江城子·出青海赴敦煌途经沙漠有感　　111

醉花阴·吊李雪康同学　　112

西江月·香雪海赏梅赠同学夫妇　　113

清平乐·咏梅　　114

清平乐·咏石湖行春桥　　115

忆秦娥·龙洞　　117

一剪梅·长沙行二首　　118

　　其一　问房　　118

　　其二　瞻像　　120

江城子·男生和女生　121

蝶恋花·雪　122

清平乐·香雪海　123

如梦令·和刘嘉睿　125

如梦令·柳如是　126

如梦令·庆江往事　127

　　其一　进川　127

　　其二　到厂　128

　　其三　街饮　129

　　其四　教授　130

　　其五　出游　131

　　其六　投友　132

　　其七　周游　133

　　其八　山娃　134

　　其九　猪肘　135

　　其十　情缘　136

　　十一　影孤　136

　　十二　又聚　137

　　十三　后记　138

一剪梅·冬日有感　139

醉花阴·赏梅　140

采桑子·重阳　141

如梦令·宅居　142

如梦令·志愿者　143

卜算子·财神　144

如梦令·校友　　**145**

减字木兰花·广昌驿前古镇　　**146**

如梦令·婚礼　　**147**

第三篇　杂文

鹤城访同学　　**150**

拍摄疑问　　**151**

小河　　**152**

驾车奇想　　**154**

再到山塘　　**155**

读网友说说　　**157**

漓江漂流　　**158**

梦游敦煌　　**160**

阳澄湖品蟹记　　**162**

聊友　　**163**

在青海湖、茶卡盐湖及路上　　**164**

寄语周菊芳同学印度之行写在新年前　　**166**

泰顺游记　　**167**

差点火了　　**169**

照相喽，照相喽　　**170**

后　记　　**172**

第一篇

诗

鹤城访同学不遇

2004年12月

鹤城访旧友，言璐南归去。
只在吉林中，地广不知处。

后语

　　1990年4月的时候出差到被称为"丹顶鹤之乡"的齐齐哈尔富拉尔基，欲访大学同窗王璐，得知其已被调回吉林市，怅然而归，之后未再联系。2004年，班上有热心者建了一个班级群，有同学把我拉进去。在群里看到了王璐的名字，不由得想起当年鹤城不遇之事，突起灵感，于是写下一段留言，大意千里寻同窗不遇的经过，以上四句廿字为结尾，显然这是抄袭了《寻隐者不遇》。王璐看后回复三字——哈哈哈。

　　那段留言已经找不到了，因感觉这段故事挺有意思，后于2022年又重写过，详见"杂篇"。

看"太机"①校园照

2010年5月

蓝天一片奇，似鹤云神妙。

翅展不长鸣，嫣然对我笑。

后语

　　2010年春，见留校"太机"工作的同学在班级群中晒校园照，但见蓝天白云，树木葱葱，百花盛开，惊讶不已。记忆中在校时，我们的宿舍就挨着太原造纸厂，常受废气、黑灰侵扰。再加上春天大风一刮，黄土弥漫，此时若下点小雨，滴在衣服上都是小泥点。那时校区树木不多，也没见过种了什么花，与现在的照片景象相比如同两个世界。

---

① 太机：指太原机械学院，现在中北大学的前身。

3

近天命感怀

2014年5月25日

品茗九重阁，清香绕心畴。

举杯邀明月，白云兴悠悠。

既无溪流觞，有劳风为谋。

风凉拂人面，星众捧帘钩。

饮酣意行马，难与古人酬。

把盏亦临风，怎及先贤忧？

韶华东逝水，无意怨沙漏。

但怜华发生，可知天命否？

后语

　　家居九楼，前皆六层，视觉无碍，自命名曰：望远阁。一日阳台品茗，望星宿隐隐，月光如水，低头屈指，忽觉天命将近，心头阵阵拔凉。念浪荡江湖近三十载，无才无德，无功无业，空负少年之志，愧对良宵月照，汗颜不已。

　　此篇五言没有按照五言的平仄要求，只是形式看起来整齐，本质上应是自由体的。

咏玫瑰花三首

2015年5月27日

其一　花蕾

枝上亭亭立，含苞待长成。

露凝疑似泪，怜煞看花人。

后语

清晨的露珠凝结在幼嫩的花蕾上，晶莹剔透，楚楚动人。但见那么幼嫩的花蕾，挂着一颗比她小不了多少的、眼泪般的露珠，又不由得心生怜悯。

其二　花成

田陌万重翠，花高艳有深。

表情最此物，撷采必虔诚。

后语

玫瑰虽好看，但要防它刺。玫瑰花有的长得很高，一人伸手够不着；有的藏得很深，要扒开重重枝条才能采到。枝条上刺很多，采摘时容易划破衣服、刺伤手，得十分当心，做好防护才行。

其三　花仙

昔日嫩花蕾，一朝腾变仙。

凝精又化露，香驻满人间。

后语

　　玫瑰花，情人节送礼必选，每逢佳节，其价陡升。有友在现代农业园种了几百亩的大马士革玫瑰花，但不卖花，而是采摘后用蒸馏、冷凝工艺提炼玫瑰精油和玫瑰水。在花的生长过程中施肥时严控化肥用量，确保提炼出天然、绿色的化妆品原料。精油低温凝固，市价可比黄金。花露水香气温和，沁人肺腑。

剥豆

2016年6月27日

本就小根苗，沟旁闲地栽。

籽微黄色现，果不栋梁材。

后语

　　新鲜蚕豆多了来不及吃，看着逐渐变老，便剥成豆瓣慢慢享用。坐着剥久了，手痛股疼，烦极。南方蚕豆多种于沟边渠头闲地，少有成片种植。见豆壳尚青但渐有黑状，籽已略黄发硬，忽生此感，或以自谓也。

谢书

2017年3月24日

本是寻常句，攀得金玉笔。

惶惶辱妙手，埋首更朝壁。

后语

2017年2月23日，上午光福公事毕，中午抽空到香雪海赏梅。回来后写了首《西江月·香雪海赏梅》(见"词篇")，与同学夫妇娱乐了一下。聊天时有个金姓同学说要手抄那首"山腰赏梅亭伫"。先前见过她的字，甚为秀气。闻言思量，当真手抄何以答之？便费两日，默备下五言四句。旬余果真见其手书余赏梅句，即以五言相赠，其回称余才思敏捷。实非捷也，乃早备尔。

七律　孔望山

2017年4月

孔圣登临水碧天，问郯惊蟹礼仪娴。

石蛙杯刻盘承露，饲虎涅槃象踏莲。

千载古庵山半处，百家铭勒洞两边。

黄龙炼就腾空去，飞鸟归云更不闲。

后语

　　孔望山归来先作了一首词《忆秦娥》（见"词篇"），总觉意犹未尽。山上遗迹众多，文化底蕴深厚，于是边翻阅资料边仔细体味，突发奇想，将山上景点名串联起来是否有收获，结果效果还不错。

　　传说孔子去郯国传播关于礼的学问，见到海滩上许多螃蟹挥舞着钳子，孔子以为是螃蟹在向他打招呼，于是对随从说：这里的螃蟹都这么有礼貌，我们还是回去吧。

　　石蛙（蟾蜍），东汉时期遗存，汉代圆雕法凿刻，满身浅刻鱼鳞状花。原沉海底以镇海，今水退现于地面。

　　杯盘刻石，位于孔望山顶，于天然整石凿成，是东汉祭祀东海君之物。

　　承露盘，夏帝启祭天、祭海用器具。

　　孔望山佛教摩崖石刻，国内一宝。饲虎、涅槃为其中的两座，取材于舍身饲虎、凤凰涅槃之故事。成于东汉，整体造像依山崖的自然形式雕凿而成。

石象也成于东汉，依整块花岗岩巨石自然形状立体圆雕而成。象前胸左侧有一平面浅浮雕"象奴"，足下雕有仰瓣莲花。栩栩如生，被誉为"中华第一象"。

传说古有黄龙在此潜踪修炼，后腾飞而去，因名龙洞。

王同行书"归云飞鸟"，字势飞动，笔意连绵，志高意远。

◈ 晚知堂集

尝东山白玉枇杷

2017年6月2日

枇杷味美口生津，肉白皮黄色赛金。
月下惠风伴雅事，啖着甜果听琴音。

后语。

　　有个朋友向我推荐他家亲戚种的枇杷，说是没用化肥，是绿色食品。于是订了两份，晚上拿来一尝，味道的确不错，感觉很好，于是兴来写了几句，感谢好朋友。

美人蕉

2017年6月7日

美人蕉艳美人笑，蕉俏人佳同入照。

一步一回影渐消，明年奴等侬开早。

后语

夏日见圈中有人晒美女与美人蕉合影，人蕉相得益彰，作而赞之。

品扇

2017年9月14日

好学自娱怀，金菊满纸开。

轻轻摇小扇，凉似五弦来。

后语

　　2017年9月，蒙好友请客，不仅白吃白喝了一通，还获赠一把纸扇。羞愧难当，无以为报，作五言谢之。小扇一面画着两朵大大的菊花，一面书有"好学自乐"四字，盒装很是精美。

桂花酒

2017年9月14日

桂香逸四处，沁众自芬芳。

秋半品佳酿，遥知仙酒娘。

后语

　　毛泽东词《蝶恋花·答李淑一》中有"吴刚捧出桂花酒"一句。传说是在月宫中管理桂树的吴刚把月宫中的桂子奖赏给了一个心地善良的仙酒娘子，人间才有了桂树与桂花酒。

　　读小学时有唱歌课，教过民歌《八月桂花遍地开》。可能是由于对桂花香味有特别的好感，所以觉得这首歌特别好听。偶尔见有班上的女生弄一枝桂花插在小辫子上的，整日美得嘴巴都合不拢了。那时见到的花似乎都与食物有关，如桂花、梅花、桃花及油菜花等。现在能见到的花的品种就多了去了，除了经济、食用价值，更多的是观赏价值。现代城市里道路的两旁，也能一年四季，季季见花，令人非常感叹。

秋桂

2017年10月1日

桂每金秋盛，惠风和畅来。
琴音香做伴，好似下瑶台。

后语

　　于金秋季节、桂花香中喝酒、品茶、听琴、赏月，真觉不错。如果一直疲于奔命，或是干成了一件大事，沉浸到这种场景中，解解乏、散散心，想必应该是特别感恩。

贵州掠影

2017年10月22日

其一 马岭河谷（一）

马岭河谷鬼神削，二百瀑群气势豪。

直下飞流无眷顾，洒成水雾架虹桥。

其二 马岭河谷（二）

在底抬头一线遥，三连瀑布紧相邀。

如今过谷无须翅，渡罢索桥渡大桥。

后语

  贵州兴义市马岭河谷为此次贵州行第一个景点。峡谷全长70多公里，深120~280米，有规模宏大、气势壮观、错落有致的钙化岩瀑布二百余条。其中天星画廊1.7公里内有瀑布二十余条，人们给他们取了非常形象的名字，如"万马咆哮瀑""珍珠瀑""间歇五叠瀑"等。瀑高120~170米，瀑宽5~100米。谷底上望只见一线天，马岭河谷大桥与三连瀑相距甚近。还有一座不知哪年修的索桥，很快就要失去交通功能了，但可作为游乐设施，供游客们闲庭漫步。

其三　万峰岭

万峰岭上白蘑云，黛瓦粉墙地绿茵。

非是亲临兴义地，或将误认成桂林。

后语

　　兴义万峰林地区与桂林同为典型的喀斯特地貌。较之广西桂林，贵州兴义今人知之较少。但近年来随着贵州交通条件的改善，兴义万峰林已成为贵州必游景点。徐霞客到此曾叹曰："天下山峰何其多，惟有此处峰成林。"

其四　纳灰村

纳灰寸土寸黄金，纵贯玉河两岸荫。

桥畔将军威武立，三英一坝世人钦。

后语

　　纳灰村有上、中、下三寨，为万峰林中的一块狭长平地，纳灰河贯穿整村，满足整个村子的良田灌溉，一派田园风光。村中有一座小桥名为将军桥，站在桥上可以看到不远处有峰柱似武将般矗立。当地流传着这样一句民谣："一寸土，一寸金，一坝走出三将军。"还别说，民国大名鼎鼎的何应钦总长就是从这里走出去的。

　　我漫步其中，看不到万峰岭的整体面貌，或许正是应了东坡先生的那句"不识庐山真面目，只缘身在此山中"。不知居高临下地欣赏，会不会被万峰岭的气势磅礴、宏伟壮观震撼到。

其五　黄果树

天成巨瀑势恢宏，万客摩肩若鹜同。

黄果树名雷灌耳，谁知哪处有其踪？

后语

　　黄果树作为地名，因瀑布声誉赫赫。曾猜测该地名应源自一种会结黄果的树种，途中就此问题请教过导游，答曰：不知有一种会结黄果的树，更没见过。很是失望，也很无奈。

　　黄果树瀑布，读小学时我就知道了。我清晰地记得，那时家里墙上挂有四幅卷轴画，每卷上有一个或名胜古迹或革命圣地的照片，其中有一幅就是黄果树瀑布。

其六　天台山

天台山矗绕八峰，小院庭深江浙同。

可是惯听风雨久？门楣笛怠懒发声。

后语

　　贵州安顺天台山被八山环绕，山上建有伍龙寺。寺内一院，小桥流水，假山叠石，典型苏州园林风格，据说当初的建造者都来自江浙一带。门楣上有砖雕，融儒释道于一体，雕工精美，据说在贵州省内已为孤本。最神奇之处是上面雕有一支笛子，传说以前起风时砖笛会发声，惜现已不能。

其七　天龙屯堡古镇

古堡屯兵洪武招，小孃衣俏继明朝。

街头诧喜金陵语，地戏上堂枪对刀。

后语

　　贵州安顺天龙屯古堡在明洪武年间为屯兵所建。现古堡人衣着服饰、饮食风俗仍保留明朝风貌。镇中演武堂上常演戏，且剧目多为武戏，意在传承尚武传统、不废武功。

　　街上遇到一个年纪七十多的本地老人，正在小店门前喝茶抽烟，上去与他攀谈了一会儿，他能讲地道的南京话，我们一行人感到十分兴奋。镇上的居民，据说多为从江浙一带来戍边将士的后裔，怪不得听说我们是来自江苏的游客后，显得格外热情。

其八　小七孔桥

小桥七孔卧山窝，跌瀑六十八可多。

商旅别嫌途寂寞，谷幽响水溅飞歌。

后语

　　贵州安顺的小七孔桥横跨山谷中的响水河，方便往来于黔桂间的商贸过客。从小七孔桥沿响水河上行不远，有六十八级跌水、瀑布甚为壮观。再上面还有石上森林、卧龙潭等奇特景观。河水或急或缓，流水声或潺潺如低语，或哗哗如高歌，给幽深的山谷带来无限的生气。

其九 岜沙苗寨（一）

扛枪部落仅岜沙，男擅猎渔女绣花。

耕种纺织祖辈业，吃喝穿用尽山崖。

后语

俗话说，靠山吃山，靠水吃水。贵州从江县的岜沙人身居大山，以前与外隔绝，吃喝穿用自给自足都依赖大山。用现代经济学的话说，就是他们根据所处环境，充分利用本土资源，建立起了完整的产业链体系。当然，这体系是低水平的，只能满足最基本的生存需求。随着社会的发展、文明的进步、观念的改变，如今岜沙人已走出大山，汇入了时代的洪流。

其十 岜沙苗寨（二）

束发挎刀手攥枪，敬恭树祖又恭阳。

吃鲜季到秋千乐，仓满笙歌不夜堂。

后语

岜沙，苗语中是草木繁多的意思。岜沙苗寨是一个纯苗族村寨，全村至今还保留有浓郁的古代遗风和古老的生产方式。那里的男子头顶挽有发髻，穿着自织的无领右开祍铜扣青布衣和直筒大裤管青布裤，常年身挎腰刀。这里还是现在全国唯一公安部批准的持枪部落，男人火药枪上肩，颇有明清武士风貌。他们有个吃鲜季节，男女青年在这个季节不用干活，荡荡秋千，吃吃喝喝，谈情说爱，好不惬意。

十一　加榜梯田

早闻田地入云天，亲见果然未妄言。

来客痴迷逐倩影，谁知开垦要多年？

后语

　　贵州黔东南苗族侗族自治州从江县加榜梯田的名气虽不如云南哈尼梯田，但也是中国著名的梯田之一。梯田中散落着苗乡特有的吊脚楼，两者都是苗族人世世代代留下的杰作，是苗族人与天地、大山融合的智慧结晶。每到梯田放水的时候，水田如镜，层层叠叠，令人惊叹。每年都有无数的摄影爱好者来此追光逐影，给苗乡带来不一样的活力。

　　本来想象榜梯田这样的地方绝对是交通不便、信息闭塞的，但现在我们看到这里道路都通了，电也通了，网络信号也有了，村民发展起旅游、住宿餐饮，收入也有了。

十二　三宝天下第一侗寨

寨依都柳古榕奇，廿一檐楼世上稀。

香祭萨玛茶贡献，珠郎娘美泪人衣。

后语

　　三宝侗寨位于贵州黔东南苗族侗族自治州榕江县车江乡坝区，包括车寨、恩荣堡等十村九寨。侗寨由大小不一的寨子连成，包括上寨、中寨、下宝寨，合称"三宝侗寨"。寨子沿都柳江有不少参天古榕树，据说都有百年历史，寨中有21层檐的鼓楼、萨玛祠等。20世纪50年代，我国曾拍过一部电影叫《秦娘美》，这是一个真实的、中国式的"罗密欧与朱丽叶"的故事，而三宝侗寨就是其男女主人公的故乡。

十三　肇兴侗寨

依山傍水已千秋，团五五桥五鼓楼。

漫漫盛装仙女舞，大歌声美最谐柔。

后语

　　贵州黔东南苗族侗族自治州黎平县肇兴侗寨四面环山，一条小河穿寨而过。房屋都为杉木建造的干栏式吊脚楼，鳞次栉比，错落有致，房顶盖小青瓦。肇兴侗寨多为陆姓侗族，分为五大房族，当地称之为"团"，分别名为仁、义、礼、智、信五团，每团均有一桥一鼓楼。寨内每天都为游客进行歌舞表演，其中最有特色的当是侗族大歌。大歌无指挥、无伴奏，曲调优美，和声谐柔，音乐学院的专业教授、作曲家都纷纷前来采风观摩，是侗族人民为灿烂的中华文化贡献的瑰宝。

十四　西江千户苗寨

桥遮风雨水奔流，放眼满坡千栋楼。

白日云低山重雾，夜灯闪烁现牛头。

后语

　　贵州黔东南苗族侗族自治州雷山县西江千户苗寨也为网红必游地。西江千户苗寨的木结构吊脚楼基本上都建在半山腰，白天看来，千余户吊脚楼随着地形的起伏变化，如波如浪，蔚为壮观。夜晚望去，千灯齐放，点点灯光神奇地组成一个牛头的形状，活灵活现，游人无不拍手称奇。

十五　镇远古城（一）

黔东门户汇车舟，险隘天成鬼见愁。

滇楚一横金锁钥，镇得此处远无忧。

后语

　　贵州黔东南苗族侗族自治州镇远县镇远古镇位于舞阳河畔，四周皆山。尤其石屏山、中河山组成天然雄关，易守难攻。镇远素有"滇楚锁钥，黔东门户"之称。史书云："欲据滇楚，必占镇远；欲通云贵，先守镇远。"可见镇远在经济、军事方面具有极其重要的战略意义。

十六　镇远古城（二）

舞阳河似太极轴，柔水弯弯飘赛绸。

方正猪槽立井口，古居古巷还码头。

后语

　　舞阳河水弯弯曲曲，以"S"形穿城而过，北岸为旧府城，南岸为旧卫城，远观颇似太极图。城内外的古建筑、传统民居、历史码头数量颇多，首次见到井栏有正方形、猪槽形等形状，颇感稀奇。夜晚舞阳河两岸彩灯齐放，恍惚天上人间。

十七　梵净山

据说金顶红云绕，隐隐约约人叫妙。

无奈不得亲上山，仰头拄拐盼佳照。

后语

　　贵州铜仁市江口县梵净山得名于"梵天净土"，系武陵山脉主峰，中国佛教五大名山之一。著名景点有红云金顶、黔山第一石及万米睡佛等。尤其万米睡佛仰卧在梵净山顶，长达万米，为世界之最。千百年来，各地百姓都把梵净山当作大佛朝拜，山即一座佛，佛即一座山。我因在镇远古城参观博物馆时不小心崴了脚，不能上山，只得在山下仰首遥望。希望同行人拍出的照片早点传下来，饱饱眼福。

十八　结语

从来黔界鲜晴光，路不平，少银两。驴也技穷，无怪曾夜郎。藏在深山人未识，山梵净，梯加榜。

但见已非传说样，天堑通，建路忙。侗寨苗寨，处处芦笙扬。道是天起习习风，能驱雾，现贵阳。

后语

2017年10月4日至15日随自行团游贵州。早年入川多次经过贵州，也出差去过贵阳，但仅去过一个叫龙宫的景点。对贵州的印象原本就是靠道听途说来的，但这次黔游完全颠覆想象。据说刘伯温有道："江南千条水，云贵万重山。五百年后看，云贵胜江南。"刘伯温果真写过此诗的话，可真为刘先知了。

现在贵州逐渐为世人了解，有识之士们开始为贵州鸣不平。如以前有人认为云贵是"不毛之地"，可根据近代的考古成果，云贵高原很早就有古人类的活动，此行所见确实贵州并不贫瘠，山清水秀之处甚多。

又如《史记·西南夷列传》记载：滇王与汉使言："汉孰与我大？"及夜郎侯亦然。各自以一州王，不知汉广大。很明显，滇王也好，夜郎侯也罢，他们只是问了句"孰大"，并无自以为大的意思。可见"自大"是后人们硬编排给夜郎的。现今有观点认为："古夜郎的核心虽在今贵州黔西南一带，但是，它的辐射范围曾经还是比较广阔的。有资料显示，夜郎古国全盛时期，其疆域东至湖广，西及黔滇，北抵川鄂，向南甚至包括今东南亚的一些国家，地广数千里，与西汉初期的版图不相上下，可谓泱泱大国。"这里只提此一说。总之"夜郎自大"使贵州人蒙羞久矣。

还有个成语让贵州受冤也不小，就是黔驴技穷。其实在柳宗元的《黔之驴》中，清清楚楚写的是"黔无驴，有好事者，船载以入"，可见那头被嘲笑的驴本非黔地本土"人"。就算驴原来很有本事，到黔后营养不良，技能有所退化，贵州承担的也就是这里穷了点的责任啊。

至于"天无三日晴"，有人说是"三晴两雨好天气"，既不因长久无雨而干旱，也不因雨量太多而成水灾。"地无三里平"客观上反映了贵州多山的特点，但山上有生物资源，山下有矿产宝藏，山间有无限风光，大好处哇。特别是近来大山阻隔、交通不便的劣势被无数的隧道、高速公路、高铁消除后，如今贵州的绿水青山正在成为金山银山。恭喜贵州，祝福贵州。

凤凰古城

2017年10月22日

很迷沱水凤凰城，山脚听涛有卧人。

江畔夜来光万彩，谁知几辈再从文。

后语

沈从文，湖南凤凰人，中国著名作家。其祖父沈宏富是汉族，祖母刘氏是苗族，母亲黄素英是土家族。沈从文本人更热爱苗族，他的文学作品中有许多对苗族风情的描述。

沈从文十四岁时，投身行伍，浪迹湘川黔交界地区。没上过大学，靠自学、大量阅读进行文学创作。后竟在青岛大学、西南联大以至北京大学任教，真是让人惊叹。"文革"中被周恩来安排到故宫看管古董文物，一不小心写出了中国第一本研究古代服饰的书《中国古代服饰研究》。1988年5月10日病逝于北京。

1992年，沈从文的骨灰在家人的护送下回归故里——湖南省凤凰县，骨灰一半撒入沱江，一半安葬在听涛山的五彩石下。墓碑正面镌刻着沈从文的手迹铭文："照我思索，能理解我；照我思索，可认识人。"背面则是"白发才女"张允和的挽辞："不折不从，星斗其文，亦慈亦让，赤子其人。"每句的最后一字连起来成了"从文让人"。在墓旁的大青石上，镌刻着由黄永玉题写的沈从文生前说过的一句话："一个士兵要不战死沙场，便是回到故乡。"

安徽庐江合肥四首

2017年11月12日

其一　汤池镇

都来此处泡温汤，不料也曾作战场。

踏进林中小小院，恍惚大将点兵忙。

后语

　　庐江县汤池镇以温泉著名，镇上温泉宾馆林立。1939年5月7日，新四军江北指挥部在东汤池成立。指挥部设在当地一士绅的四合院中，周围林木葱郁，现成为新四军江北指挥部纪念馆。院中立有叶挺、邓子恢、张云逸、徐海东、罗炳辉、赖传珠等新四军将领半身像。叶挺在此写下了"云中美人雾里山，立马汤池君试看。千里江淮任驰骋，飞渡大江换人间"的诗句。

其二　孔雀东南飞纪念馆

久闻孔雀东南飞，从未细究起哪方。

今到汤池读乐府，有生幸会在庐江。

后语

　　与新四军江北指挥部纪念馆同在一片树林中的，还有孔雀东南飞纪念馆。馆外照壁双面镌刻《孔雀东南飞》全文。汉府双壁，中学语文课本中只有《木兰辞》，而《孔雀东南飞》只闻其名，未知其祥。直到这次庐江汤池学习，才上演了一场晚到的偶遇，满怀惊奇，其惊奇不输于粉丝邂逅偶像。初作尾句"自嘲学息不知祥"，其实自嘲还不够，还当惭愧深深，不过幸好幸会不算太晚。

其三　三河古镇

三河绕镇水悠悠，远去硝烟城上头。

得胜欢呼声震耳，旌旗天展暗神收。

后语

　　三河镇隶属于安徽省合肥市肥西县，地处肥西县、庐江县、舒城县三县交界处，因丰乐河、杭埠河、小南河三水流贯其间而得名。1858年9月，一场大战让三河镇名垂史册。太平天国将领陈玉成、李秀成、李世贤和捻军将领张洛行联合对清作战，在三河镇全歼湘军六千余人，湘军头目李续宾、曾国华葬身于此，史称"三河大捷"。可叹的是此次大捷，包括以前的以及后来的大捷小捷，都未能使太平天国走向最终成功。旧势力的顽固、帝国主义的帮凶当是主要原因，起义队伍内部的问题抑或是重要因素。

其四　孙立人将军故居

栋梁本志建高楼，从武弃工国有忧。

淞沪战酣身未死，且留征远斩魔头。

后语

　　1924年，孙立人从清华大学土木工程系毕业，紧接着就考取公费留学，直入美国普渡大学三年级加修土木工程学，1925年取得学士学位毕业。在美国桥梁公司任工程师约四个月后，孙立人考入有"南方西点"之称的美国弗吉尼亚军校学习，从此步入军旅生涯。

　　1937年，全面抗战爆发。孙立人率税警总团参加淞沪会战守苏州河南岸。11月3日拂晓，日军大举偷渡苏州河，孙立人部队激战八小时将日军赶回。当晚，孙立人带人趁夜色欲破坏浮桥，被日军发觉并遭猛烈炮火袭击，全身被炸伤十三处，奄奄一息，昏迷三昼夜。

　　1942年2月，孙立人任中国远征军新三十八师师长率部入缅甸作战，屡立战功，是抗战中军级单位将领歼灭日军最多的将领之一，有"丛林之狐""东方隆美尔"的美称。

闻友酒乡行

2017年12月18日

金凤向西振翅飞，长空仰望叹无随。

酒乡潇洒图一醉，也算丰收满满归。

后语

2017年12月18日，于公交车上知好友赴四川某知名酒厂参观而作。好友回道：此生再难展翅飞，落在红尘修清心。凭栏收尽湖光色，水中倒影孤人行。

阆中滕王阁

2017年12月22日

有阁早立在洪州，天下闻名勃隽文。
又建阆中江右岸，再如作序觅何人？

后语

滕王名叫李元婴，唐高祖李渊之子，太宗李世民之弟，高宗李治之叔。因从小受尽宠爱，骄纵失度，屡犯宪章。贞观十三年，封为滕王，永徽四年（公元653年），转为洪州都督，建南昌滕王阁。公元679年，由寿州刺史调来隆州（今阆中），接任其兄鲁王灵夔任刺史。滕王爱在江边建阁，南昌建在赣江边，阆中建在嘉陵江边。

上元二年（公元675年），勃往交趾（今越南河内西北）探父，途经南昌作滕王阁序。后渡南海堕水而卒，年二十六。

由此可见，建阆中滕王阁时，王勃已不在人世了。

银杏林

2017年12月25日

枯黄一叶悟秋来，些许悲凉暗入怀。
待到林中金满色，喜观盛景却无哀。

后语

20世纪80年代末出现银杏热，由于那时银杏果、银杏叶都能出口创汇，着实让承包银杏树的农户们挣到了不少银子，国家也挣了外汇。21世纪初的十来年里，银杏热又来了一波。这波银杏热的时候，银杏果正处于寒冬，而银杏叶则是仅当深秋的时候用来观赏的。哪里有大片的银杏林，哪里就有大批的赏叶人。表象是单反相机普及了、拍照智能手机泛滥了，其本质是经济发达了、人们闲暇时间多了、生活条件好了。

一叶黄了便有些许悲凉，那么到了满目黄叶时，按理该凉到零下几十度了，可我们看到的竟是万人争睹银杏叶，反而"热"得很。

2017年12月的一天凌晨，似睡非睡，恍见一片银杏林，满目金黄，熠熠生辉。遂枕上欲吟，初成不佳，但觉意境有前途，就不断地修改，一直改到自以为改不了为止。

读红楼

2018年1月3日

红楼一梦幻如海，不枉十年心血裁。

书画琴棋岂小技，诗词歌赋斗般才。

春桃秋桂开又谢，夏雨冬霜去还来。

总念痴人去哪处，世人更叹那裙钗。

后语

　　写于四读《红楼梦》后。《红楼梦》乃奇书，毛泽东称之为"封建社会的百科全书"。我读中学时曾读过，但因完全看不懂而放下。究其原因可能有几条，一是年纪小时喜欢看武侠类型的书，对《红楼梦》描写的家长里短不感兴趣。二是文学、诗词类的修养及欣赏水平低，对书中大量的诗词，以及像太虚幻境那样的隐晦描写根本无法理解。还有社会阅历浅，对社会组成结构、运行机制没有认知，也是个原因。后来通过电视广播，听了不少红学专家学者对《红楼梦》的介绍、讲解、解读，也听了一些关于中国历史、诗词文学方面的讲座，基本文史知识有了些积累，才慢慢地能理解一些书中的情节，也能隐隐感觉到此书之奇。

　　当初我能接触到的是四卷本一百二十回的红楼梦，记得第一次读完第一本就晦涩得读不下去了。隔了一段时间，第二次从头读，读完第二本就不想看了。第三次读到第三本，直到第四次才把全书四本一次通读一遍。如从第一次读算起（中学时期），到第四次好不容易通读全书，中间隔了三十多年的时间。在这三十多年里，红学热好像有规律地每隔几年就要来一次，就凭这一点，《红楼梦》就定然不是一本简单的书。

赞李同学

2018年1月16日

绿丛花俏本无多，万里旅程赛转陀。

昔日向阳楚楚女，一朝得气驾长波。

后语

  李同学，向阳河店①人，从事国际贸易工作。一次在群中透露行程安排之紧凑，不由叹曰：如女子耶？真汉子也。

---

① 向阳河店：山西省太原市一地名。

雪

2018年1月26日

雪花漫漫舞姿柔，人半喜欢半有愁。

台榭山石凭尔去，别单偏向少年头。

后语

2018年1月25日下午三四点的样子，苏州下起了大雪。我在阳台上打开手机想拍雪景，发现有个微信群里挺热闹，点进一看，有两人正在聊雪，聊的是各自地方雪的特点。

甲：这雪好大。

乙：这雪不小。

甲：我们这儿的雪干，粉状的。

乙：我们这儿的雪湿，水分大。

甲：这雪不易化，一会儿就积起来了。

乙：两小时了，除了树枝屋顶上有点白，路上还没有。

甲：晚上如不停，越积越厚，恐再寒潮。

乙：想拍雪景，不知郊外山头能否积起来。

甲：明天一片白，上班怎么办？

乙：明天哪最白，就到哪里拍。

丙：拍拍拍，拍你个大头鬼。老子头最白，你给老子拍。

乙：得罪，得罪。（句尾还带了三个抱拳的表情）

看了这么一出，弄得我拍雪景照的雅兴都没了踪影。

南浔杂感四首

2018年4月11日

其一　藏书楼

宝地湖丝辑里优，八牛四象夸风流。

纵然堂立百千尺，怎比藏书一丈楼。

后语

　　浙江省湖州市南浔镇辑里村，以盛产湖丝闻名。清末民初，经营湖丝造就了南浔一批被称为牛（财产在500万至2000万两白银者）、象（财产达2000万两白银及以上者）的富商。南浔人历代注重教育，有鼓励村里子弟应试科举的传统，还在村里兴建藏书楼。

其二　小莲庄通津桥百间楼

小莲庄内碧池幽，不见运河东水流。

远去桥头丝万垛，夕阳惯照百间楼。

后语

　　浙江省湖州市南浔镇小莲庄为"四象"首富刘镛始筑的私家花园，经刘家祖孙三代四十年的经营，到刘镛的长孙刘承干于1924年建成如今规模。花园占地27亩，因羡慕元末湖州籍大书画家赵孟頫所建莲花庄之名，故称小莲庄。

　　通津桥南有一条小街名叫丝行垛，当时通津桥头丝行林立，是历史上"辑里湖丝"的集散中心。诗中的"丝万垛"指丝行的数量多，如有万垛丝。

　　百间楼主董份，嘉靖十六年（公元1537年）举人、二十年（公元1541年）进士，明世宗吏部左侍郎，兼翰林学士。传说董份有一子叫董道醇，托媒欲娶茅坤之女。茅坤想能将女儿托付给南浔董家，也算是一大福分，不知啥动机开了句玩笑："我女儿娇生惯养，在家时有侍女百名，若嫁到董家怕无法居住。"谁知这句玩笑有点大了，董份也不甘示弱地说："那我再造一百间楼屋，让这一百位侍女每人居住一间，可否？"董份果真建造了一百间楼屋。这就是我们今天看到的南浔百间楼的来历。

其三　生意经

寸宽尺紧是商经，粗算精谋心肚明。

或有他方借巧处，大抓小放理同行。

后语

　　南浔"四象"之首刘镛，其生意经精髓是"寸必宽尺必紧"。所谓"寸宽尺紧"，是指刘家在向小户蚕农收蚕茧时，分量上尽量宽松，不占他们的便宜。这样蚕农们都愿将蚕茧卖给他们，成了刘家的"回头客"和固定供应商。但到了与大客商、外国人做大笔买卖时，则把握好尺寸，该争则争，锱铢必较。此刘家经商之道，讲起来很容易，但真正做起来可不是那么简单的，尤其是在把握宽、紧的时机及程度方面。

其四　会馆

顺天应势入洋流，斗浪博风有勇谋。

商贾笑谈已远处，吴侬软语唱从头。

后语

　　南浔能成为中国近代史上罕见的巨富之镇，主要是抓住了与外国人经商的机遇，也就是说是外向性经济成就了南浔。当年的行业会馆，如今被用作评弹演出场所。

　　2018年3月31日，余游南浔古镇，归欲有所记，十日不成，心甚不甘。4月11日傍晚，灵感降临，不多时成四首，此所谓初稿，亦粗稿。次年2月15日合律合韵，改动颇大。2022年10月国庆节假期再改。

洛阳三首

2017年4月21日

其一　白马寺

西天白马载经来，踏破千山万里埃。

皇帝忽然一夜梦，菩提从此九州栽。

后语

东汉永平七年（公元64年），汉明帝刘庄（刘秀之子）夜宿南宫，梦见一个身形高大、头顶放光的金人自西方而来，在殿庭飞绕。次日晨，汉明帝将此梦告诉给大臣们，大臣傅毅启奏说："西方有佛出世，其身长一丈六尺，遍体金色。陛下梦中所见的金人，或许就是佛吧。"汉明帝听罢大喜，派大臣蔡愔、秦景等十余人出使西域，拜求佛经、佛法。

永平八年（公元65年），蔡、秦等人在大月氏国，遇到印度高僧摄摩腾、竺法兰，见到了佛经和释迦牟尼佛白毡像，恳请二位高僧东赴中国弘法布教。

永平十年（公元67年），二位印度高僧应邀和东汉使者一道，用白马驮载佛经、佛像同返国都洛阳。汉明帝见到佛经、佛像，十分高兴，对二位高僧极为礼重，亲自予以接待，并安排他们在当时负责外交事务的官署"鸿胪寺"暂住。

永平十一年（公元68年），汉明帝敕令在洛阳西雍门外三里御道北兴建僧院。为纪念白马驮经，取名"白马寺"。"寺"字即源于"鸿胪寺"之"寺"字，后来"寺"字便成了中国寺院的一种泛称。摄摩腾和竺法兰在此译出《四十二章经》，为现存中国第一部汉译佛典。

其二　拈花一笑

讲经佛祖有别裁，端坐拈花口不开。

迦叶微微颜破笑，已然妙法领胸怀。

后语

《五灯会元·七佛·释迦牟尼佛》："世尊在灵山会上，拈花示众，是时众皆默然，唯迦叶尊者破颜微笑。世尊云：'吾有正法眼藏，涅槃妙心，实相无相，微妙法门，不立文字，教外别传，付嘱摩诃迦叶。'"后人将"拈花一笑"编入成语词典，比喻心心相印、会心。

其三　咏牡丹

伊洛牡丹名在外，雍容华贵王气派。

若是浓艳非本妆，不知何时由清改。

后语

2018年4月27日于洛阳赏牡丹回苏后，为感谢同学王清改、梅果等热情款待而作。

牡丹花国色天香，雍容华贵，为我国国花之一。我想有不少人跟我一样，对牡丹花有所认识，是那首电影插曲《牡丹之歌》诞生时开始的。20世纪80年代有个现象蛮有趣，电影的故事情节人们往往印象不深，但其中的插曲倒是风靡了一时，甚至传唱几十年依然很受欢迎。

徽杭古道四首

2018年5月7日

其一　江南第一关

绵绵小道望无头，涧水或急或细流。

天仵磐石绝峻处，保商护旅已千秋。

后语

　　徽杭古道始建于唐，自皖南绩溪县临溪镇湖里村起，到达浙江省杭州市临安区马啸乡止，全长75公里。是中国继丝绸之路、茶马古道之后的第三条著名古道。

　　位于安徽省绩溪县伏岭乡东部的江南第一关，海拔424米，是徽杭古道重要关隘，清凉峰主要通道。关脚岩口亭书有"径通江浙"魏体大字。

其二　映山红

道似飞绸山半腰，溪流如练舞逍遥。

陡坡对面万花艳，正是映山红竟妖。

后语

　　徽杭古道辟建于逍遥山谷一侧半山腰，走在古道看对面映山红花开满山坡，竞相争艳，游人无不咂舌称奇。

其三　蓝天凹

到顶气息喘未休，蓝天更见凹中收。

料他商贾不及赏，急向天堂路尽头。

后语

　　蓝天凹是徽杭古道制高点，海拔1050米。因两座山峰呈"凹"字形，蓝天白云嵌入其中，故得此名。

　　蓝天凹地势开阔平坦，风景优美。原本这里有个露营地，年轻人喜欢在这里露营一宿，次日继续赶路。后来露营的人多，破坏了生态环境，景区管理方就把它关闭了。我们到的时候，露营设施已拆完。如果不拆的话，在此露营一晚，说不定倒是一件美事。

其四　嬉游

蒙蒙细雨彩龙游，气喘吁吁颊汗流。

走走停停欢笑语，为留倩照论姿优。

后语

　　途遇小雨，众人把早备的雨衣穿上。雨衣色彩缤纷，行走在窄窄的山道上形成一溜彩龙，为山中灰蒙蒙的景色增添活力。一路女士们山中摆拍，不时嬉笑一片，男人们忍俊不禁。

打鼓

2018年6月8日

室外夕阳室内鼓,忘他晨起撞钟苦。

我观此景味嫌单,还要高歌还要舞。

后语

　　2018年6月7日晚,观一同学打非洲手鼓视频,但见其双目微闭,脑晃头摇,如痴如醉。他悠甚闲甚则个,我嫉甚妒甚则个,憋了一夜,晨起句成。

贺刘嘉睿上初中

2018年8月

如愿初中志可酬，未负六载春与秋。

真是一个好起步，上到层楼更上楼。

后语

　　侄女刘嘉睿上的初中比较理想，以此祝贺。这是原稿，虽不工但没改。

岳阳楼

2018年8月8日

久来常梦岳阳楼，梦到岳阳总转头。

非是湖光水不秀，一提忧乐满怀羞。

后语

　　岳阳楼闻名于世，范仲淹的《岳阳楼记》功不可没。虽说是文章的功劳，而文以载道，终究是范公熠熠生辉的人品道德。路过岳阳多少次已经数不清了，总想找个理由下车去登登梦中的楼，但似乎总是找不到。本想着，没登过岳阳楼能否写岳阳楼？但后来听说范公写《岳阳楼记》时也没到过岳阳，心里就不那么忐忑了。后又听人说，唐朝那些写边塞诗鼎鼎大名的诗人，真到过沙漠戈壁的也不太多。这个结论初听一惊，有点怀疑，但想考证的话自己没这个能力。后来再想想，倒也是挺愿意相信的。

巴蜀小游

2018年10月5日

其一　青城山

的确青城天下幽，月城湖上老君楼。

天师洞口莫嫌小，道教堂堂源此头。

后语

　　青城山是中国四大道教名山、中国道教发祥地之一。"天师"张陵来到青城山，看中青城山的深幽涵碧，便在一洞前结茅传道，那洞今被称为天师洞。天师洞原洞不大，而今的天师洞景点，则是个鳞次栉比的庞大建筑群。张天师要是能看到他当年搭的小茅庐有了今天的规模，该是相当欣慰了。

49

其二　汉昭烈庙武侯祠

君臣缘起隆中时，同祀庙堂参有差。

纵在一门前尔后，可人争道武侯祠。

后语

　　汉昭烈庙、武侯祠，它是中国唯一的一座君臣合祀祠庙。庙、祠同地，去了第三次才有这个认知。前两次去的时候也就是走马观花，看个热闹，这次看出点门道，但见庙高祠低，庙前祠后，法度森然。后来我也曾问人道：知道汉昭烈庙在什么地方吗？答曰：不知。知道武侯祠在哪里不？答曰：当然知道。这是为什么呢？

其三　旅间小憩

假作蓉城本地人，古榕树下品香茗。

旅间难有闲半日，玩会手机再东行。

后语

　　下午的车票去重庆，上午没安排出游，就在旅馆喝茶玩手机。旅馆是由老式四合院落改造的，以文化、休闲为主题。院中有棵大榕树，年龄有百，枝繁叶茂。在树下喝茶，感受"蓉式"休闲，但只是享受了一半。若是再搓上麻将，那就完整了。

其四 到重庆

多年不到朝天门，桥路飞飘楼宇森。

想看山城尤夜景，思听川剧更巴音。

远眺百里茫茫处，垂忆三年踽踽身。

再望长江滚滚水，浮尘涤尽早清心。

后语

　　山城重庆，向来以夜景最为著名。近年来又兴建了各种令人惊奇的基础设施，其中，迷宫般立交桥、穿楼轻轨等更是脑洞大开。重庆的建筑师真敢设计，工程师也真能造得出来。当年我在綦江工作，常有机会出差到重庆，在解放碑剧院看过几次川剧。当时解放碑是那一片最高的建筑，如今成了最矮的。当年的过江索道是公共交通，现在则变成了来渝必玩的游乐项目，坐一回索道居然要排几个小时的队，想想有点不可思议。

其五　回庆江

石梁河畔几沟深，寨子山旁曾寄身。

携侣重来梦幻地，谁知堂客是今人。

后语

　　綦江县永城镇石梁村，国营庆江机器厂所在地，通信地址为重庆4411信箱。余曾在此工作三年。宿舍不远处有座叫寨子山的，常见有山民背着背篓吹着唢呐经过。据首批到厂的师傅讲，他们刚来时，附近农民穷得叮当响，不少人家只有一件衣服，谁出门办事谁穿，夏天，女人们在家也光着上身，冬天怎么办，师傅没讲。厂建起后，几千人的吃喝拉撒给村民带来了生活的转机，鱼水般关系的工农联盟也就水到渠成了。最能体现这种关系的，莫过于某天上午工厂刚有加工资、发奖金之类的传言，当天下班路边摊的菜价就涨了。20世纪90年代末，工厂按照国家的政策迁往离重庆市区二十多公里的鱼洞镇，蹊跷的是，满载物资设备的汽车在所经公路上，经常被不知哪来的石头挡住。清理几次之后，运输队干脆白天或休息或清障，晚上装运。工厂遗址现被列入重庆市工业遗产名录。更多有关庆江的记忆，详见词篇《庆江往事》。

黄山炮台

2018年10月16日

妙境悠然天自开，桂香踏季雾般来。

最宜极目江流处，草树重重掩炮台。

后语

　　2018年10月16日出差江阴，忙完工作游黄山风景区。上山不多久，还未见到桂花，早有香味扑鼻，沁人肺腑。过山门见上书"妙境天开"四字，过目未忘。登观景楼，望江阴长江大桥巍巍壮观、江水奔流浩浩荡荡。景区所在即著名的江阴要塞，黄山炮台威慑长江，享有"江河门户""镇航要塞"之称，自古为军事要地。儿时看了无数遍的电影《渡江侦察记》的故事就发生在这里。

梅花洲石佛寺

2018年10月26日

游寺恍惚香暗飘，千年银杏默相邀。
柱石不语旧光景，转询三步两爿桥。

后语

　　嘉兴石佛古寺乃江南名刹，肇基于南朝宋。唐肃宗至德二年（公元757年），因平治土地，掘得地下四尊石佛，得名"石佛院"，宋为"保圣院"，明初始称"石佛教寺"，简称"石佛寺"。史上曾香火甚盛，后屡逢灾变，遂成废墟。今遗址可辨、柱础尚存。现寺为2005年新建。

　　寺中唯一尚存植物是两棵古银杏，导游说还是一雌一雄，默默相对。树分雌雄我还是第一次听说，有点疑惑。查了一下才明白，大多数的树不是雌雄不分，实际为雌雄同株，一棵树上长有雌雄两种性花。而像银杏、罗汉松等称之为雌雄异株，就是雌花和雄花分别长在不同独立的植株上。导游还问游客道："这两棵银杏树像不像一对老情人？"

　　寺前有两座单孔石拱桥，呈直角布局，转折相连，形制独特，颇有画意。由于从这一桥下来只消走上三步就能到了那一桥，故称之为"三步两爿桥"。相传建桥至今已有一千二百多年。

巫山红叶

2018年12月4日

绿水悠悠山万重，悬崖又见彩霞红。

趁得瑟瑟秋风便，弥叶争飞神女峰。

后语

　　巫山红叶是指重庆市巫山县境内巫峡红叶。当地有歌曰：满山红叶似彩霞，彩霞年年映三峡。提到三峡，想起中学时学过一篇课文，就是节选自郦道元《水经注》中的《三峡》。这篇经典古文，描写了三峡的奇特景观，文字精练，读来朗朗上口。"有时朝发白帝，暮到江陵，其间千二百里，虽乘奔御风，不以疾也。"行文也似奔腾之江水，一泻千里。"春冬之时，则素湍绿潭，回清倒影，绝𪩘多生怪柏，悬泉瀑布，飞漱其间，清荣峻茂，良多趣味。"原来地理学术著作也可以这样写，妥妥的一篇优美的山水散文。最后两句至今随口而来："巴东三峡巫峡长，猿鸣三声泪沾裳。"

　　李白一定读过郦道元的《水经注》，不信看看李白著名的诗《朝发白帝城》："朝辞白帝彩云间，千里江陵一日还。两岸猿声啼不住，轻舟已过万重山。"其中的关键词汇，郦道元早就写到了。

　　在重庆的一位庆江老同事喜爱户外旅行，朋友圈发过神女峰的旅游照，那绿水、青山、红叶、神峰四位一体的景色甚美。

宝带桥

2019年2月5日

其一

宝带解从刺史腰，河边自此玉绸飘。

最神皎皎中秋夜，孔五十三月影娇。

后语

　　宝带桥，南北横卧于京杭大运河和澹台湖之间的玳玳河口，与古运河平行，全长约316米，53桥孔连缀，是我国现存最长、保存最完整的一座大型古代连拱石桥，有"苏州第一桥"的美誉。传说为唐元和年间，苏州刺史王仲舒带头捐宝带筹资建成，又因桥形长似玉带，得名"宝带桥"。

　　相传每到中秋之夜，如观察位置恰当，桥孔倒映，恰似月圆，并53个桥孔出现53个月影，孔孔相连，月月交映，称为"宝带串月"，为姑苏盛景。

其二

运河顺卧宝石桥，日送船舟几百遭。

千里帆云今不再，纤篙早去并弓腰。

后语

元朝僧人善住诗曰："借得他山石，还摒石作梁。直从堤上去，横跨水中央。白鹭下秋色，苍龙浮夕阳。涛声当夜起，并入榜歌长。"

在以航运为主的年代，运河里船只川流不息，运河上空桅杆林立、白帆行云；宝带桥上弓腰艰步的纤夫络绎不绝。直到20世纪80年代之后，这种景象才悄悄不见。如今的运河里依然是川流不息，只是木帆船换成了机动铁船。

其三

天色沉沉寒峭来，水光暗淡鹭徘徊。

铁船满载长笛过，浪涌雪身翅顿开。

后语

大年初一，首登宝带桥。微寒风中，见河滩上白鹭为船浪所惊。苏州宝带桥虽为中国四大古桥之一，举世闻名，但由于地处河湖地区，周围陆上交通不便，故在很长的一段时期里，不说外地人，即便本地人也多闻其名难见其容。那时只有坐苏州至杭州客轮，倒是能一睹宝带桥芳容。真正能从陆路上桥游玩，是近几年才有的事。

观剧大江大河

2019年2月10日

滚滚江河万古流，逐涛能几四十秋。

浪花拍上岸千朵，恋看迎风那浪头。

【后语】

　　电视剧《大江大河》讲述了在1978到1992年间改革开放的大背景下，以几位主角为代表的先行者们在变革浪潮中不断探索和突围的故事。他们大多是"60"后，步入社会之时恰遇上改革开放，见证着我们国家发生的翻天覆地的变化。诗中的"能几"意为能有几个。

读学友文有感

2019年6月

涓涓千字文，切切至情深。
群赞仙居处，佳人书特真。

后语

2019年5月，毕业35周年聚会圆满成功，在太原工作的几位同学作为组织方做了很多工作，全体与会同学都表示衷心感谢。在聚会结束后，有位女同学在班级群里发表了一篇长文，估计有千字。一是介绍了本次聚会的策划组织过程，让我们了解具体实施过程中的一些细节，感觉到大家能聚到一起确不容易。二是回忆了当年学生时期的一些往事和感受；特别是这一段文笔优美，情深意真，令人不能不为之动容。全体同学纷纷点赞，称之为才女。可惜换了几次手机，原文找不到了。

"仙居处"，灵感源于一个谜语。就在前往聚会的路上，广播里正在猜谜语，谜面是仙人住的地方，打一地名。谜底是山西，因"仙"字中的"人"在"山"的（左）西侧。

作了这首诗后，用毛笔抄好，发到班级群里。因毛笔字写得不好，不好意思在西安的赵同学——一位真正的书法家——面前卖弄，后又补了四句云："诗稍得且过，字可欠深功。仰首向西北，莫及望赵风。"

山西重游记

2019年6月

其一　校园

梦上二龙山仁，俯瞰校园花树。那处晚习楼，似被绿荫遮住。虚度，虚度，已把比金时误。

【后语】

　　二龙山，西邻汾河，在太原市上兰村的中北大学校园旁，是少有的和校园相依托的风景区。山势不太高，但是景色秀丽。1980年至1984年我在此上学。那时山上几乎没树，沙厚到可没了脚，与现在不可同日而语。或为用非所学，或为学非所长，总感觉那四年宝贵的时光没有被珍惜。但无论如何，那段经历还是相当重要的，它既不可预见，又不可重来，也是不可以后悔的。毕竟在那个年代，高中刚毕业正迷茫的时候，能有这样一个地方收留自己，是件十分幸运的事。这里是我认识社会、走向社会的起点。

其二　汾河

暮立二龙高处，远望汾河南注。想那水潺潺，一路未尝稍驻。歇不，歇不，尔已过弯无数。

后语

汾河从源头忻州市宁武县东寨镇西北处起一直在山谷中穿行，出上兰村口后进入河谷平原，向南注入黄河。上学时，汾河的上兰段水不深，定不可行船。

记得刚进学校时，与几个同学沿学校前的铁路一直往西走，结果误闯一处危险禁区，被河对岸的一位守卫人员喝住，令我们过河接受处理。那地方没桥，又不敢不去，只好蹚水过河，好在河水刚没脚脖，没啥大碍。过了河，那守卫人员问我们是什么人、干什么来的。我们说我们是"太机"的学生，好奇才误入禁区。守卫人员要看我们的学生证，可几个人谁也没带，摸了半天口袋，才摸出一张学校食堂的饭票权作身份证明。那守卫人员拿着饭票，再看看我们几个愣头青，不像是说谎的，就让我们走了。

本组的开头《校园》和《汾河》两首写得比其他的要早一年，那是看了在校的一位同学为第二年聚会预热拍的照片后写的。照片拍得很好，放在班级群里，边拍边解说，解说词很煽情，把我们带回了那个年代，由此激发了灵感。这两首实际形式采用了《如梦令》词牌。之所以放在诗篇里，主要是符合重游的主题。

其三　云冈石窟

天下本身一大同，西来佛像渐华容。

史家多赞拓跋氏，脱罢胡装入汉融。

后语

1984年春去包头毕业实习，中途在大同下车，与几个同学玩了一天，感觉景点多为寺庙。在游览云冈石窟时了解到，石窟按照开凿的时间分为早、中、晚三期，其中的佛像形象随着时间发展有逐渐汉化的趋势，当演化到洛阳龙门石窟时，几乎彻底汉化了。

随后经过呼和浩特时也下了车，进城转了一圈，看的还都是佛教寺庙。我这人估计与佛祖无缘，因为我既辨不清这佛那佛的容貌，也弄不清这宗那宗的流派，更念不溜这经那经的经文。就是到现在，佛庙进过无数，佛像也见过无数，我对佛教的认知，仅限于认为佛教是个劝人为善的宗教。所以有时经过佛庙时，干脆我就不进去了，只恭恭敬敬地站在门外，双手合十默默地念道：大慈大悲的佛祖啊，原谅我的愚顽不化吧，我就不进去打扰您了，阿弥陀佛。要离开时，必退后三步再转身离开。

其四　五台山

提辖避难本佛怀，圣地焉成大闹台？

剃度一般皆好事，唯除杨氏五郎来。

后语

　　五台山，四大佛教名山之一。在与五台山相关的古代人物中，印象最深的就数鲁智深和杨五郎了。想想也真是的，鲁提辖失手打死了人，五台山好心好意地收留了他，也没怎么亏待他，为什么喝了点酒，就把人家好好的五台山山门砸个稀烂？更令人不解的是，后人们每谈到鲁智深大闹五台山时，居然都还谈得津津有味。

　　如果真像传说的那样，杨五郎最终出家五台山，那杨五郎、杨家兄弟以及杨家将的结局绝对是个令人唏嘘不已的悲剧。稍有安慰的是，不知在哪里看到的一个说法，说有书记载杨家兄弟们最后都得到了善终。本人不善史学，无能力进行考证。但愿如此。

其五　悬空寺

峭壁壮观悬寺空，先人巧智叹无穷。

依山就势几根柱，或许其他有类同。

后语

　　游山西不游悬空寺，等于空游。当年李白到此，题了"壮观"两字，可见此寺也令诗仙倾倒了。原还以为是那几根立柱撑起了整个寺，其实真正使寺悬空的是寺底部插入山体的横梁。写此诗的时候也没搞明白这点，无意间就夸大了"明里柱"的作用，忽略了"暗处梁"的功劳。明知有不当，这里还是保持原貌没有改正，因为这样的错误本身就是一个善意的提醒。

其六　平遥古城

平看龟形千载城，遥闻车水马龙声。

一轮红艳渐檐下，游客正说昌日升。

后语

　　泱泱中华，古城无数，但能完整保留到今天的为数不多。听说平遥当初也准备大拆大建搞现代化的，苦于没钱而没折。要是那时银子多了点，或许就不是今天这样的了。但我说今天我们还能看到完整的平遥古城，首先要感谢古城的设计者，把古城设计成龟的形状，实在是太有远见了。

　　日升昌票号，中国第一家近代意义上的私人金融机构，以汇通天下著称。当下平遥因古城成为网红打卡地，正如旭日东升，万客朝阳。祝平遥日升日昌。

其七 壶口瀑布

遥对吕梁别样愁，日依壶口也难休。

解忧不用杜康酒，但看天河滚滚流。

后语

　　壶口瀑布，于临汾市吉县壶口镇黄河壶口瀑布国家地质公园内可观。1938年9月，著名诗人光未然带领抗敌演出队来到壶口，深为黄河奔腾的气势所感动，于是灵光迸发写下了不朽的组诗《黄河颂》。在延安的冼星海听了他的朗诵，兴奋异常，才思泉涌，六天六夜，连续谱曲，成就了千古绝唱《黄河大合唱》。

　　黄河的另一绝唱，估计要数那句"黄河之水天上来，奔流到海不复回"了。来到这里的人们，那些忧忧愁愁、悲悲戚戚，会立马消失得无影无踪。第二句中的"壶"若理解为酒壶，就与第三句无缝连接了，也与标题没有冲突了。

　　吕梁山，山西省西部山脉。其北段分为东西平行的两列，东为云中山，西为芦芽山与管涔山，中夹静乐盆地，中段称关帝山，西南端称龙门山。黄河切穿龙门山形成峡谷和壶口瀑布。句中"吕梁"指吕梁山，代指山西省。

其八　西厢叹

借厢小住诧回眸，红娘行媒有智谋。

不是天生和地造，同檐几载也难俦。

后语

第一次完整地读《西厢记》是在1985年春的重庆。那年南京的表哥旅行结婚到重庆，想坐船游三峡回去，让我帮忙买两张四等舱的票。那时我在綦江的山沟里工作，就趁星期天到重庆去买票。船票很紧俏，人生地不熟，排队要通宵。为熬夜做准备，就想到新华书店去买本书。看到《中国十大古典喜剧集》，略翻了翻，感觉此书有点意思，就买了本，其中第三篇就是《西厢记》。晚上八点就到朝天门售票处，排队排在了前十位，票是肯定没问题了，就安心看新书。一晚上没合眼，看了好几篇，居然一点不困。其后很顺利，在长江大桥上，把船票交给表哥，祝福了一番就回厂了。回厂后就到工会图书馆，把能找到的剧本类的书全弄了来。有国产的话剧本，也有几本古希腊的神话戏剧本，普罗米修斯盗火的故事就是那时知道的。

《西厢记》的文学成就毋庸置疑，佳人才女林黛玉对之也痴迷不已。中学时代曾看过越剧电影《红楼梦》，其中有个情节，贾宝玉给林黛玉看《西厢记》，林看得出了神，直说道天下竟有这样的文字。读过《西厢记》的人都有感于崔莺莺的痴情、勇敢，有感于红娘的机智、泼辣，而张生的痴傻劲是该剧成为喜剧的主要因素。崔、张能在短时间内结合，用现代网络语言来说，就是"张生撩妹确实有一套"，实力不俗。不仅人长得英俊（宰相家千金看中的定不会差），有广泛的人脉（文人有军界的朋友不容易），而且诗文大有彩，操琴能达情，状元一考就中，真正的一表人才。真让人羡慕。

其九　莺莺塔

唐塔婷婷响四方，迎来舍利沐佛光。

只因一部西厢记，名改莺莺似谬荒。

后语

　　莺莺塔是中国古代的"四大回音建筑"之一，与法国巴黎钟塔、意大利比萨斜塔、摩洛哥的香塔、匈牙利的音乐塔及缅甸的摇头塔等同称"世界八大奇塔"。

　　莺莺塔原名舍利塔，隋唐时期为迎舍利而建。《西厢记》果然文采横溢，崔、张的故事确实感动了历代的少男少女，尤其剧尾一句"愿天下的有情的都成了眷属"唱出了无数天下人的心声，也成了最美好的祝愿。有一段时间，我总觉得把一个佛教的舍利塔用一个痴情少女的名字来命名很不相配。然而"宁拆十座庙，不毁一桩婚"，在以儒家思想为主的古代，婚姻是社会制度的基石，这不仅仅是夫妻两个人的事，它还担负着上要奉祀宗庙、祭祀祖先，下要传宗接代的责任，所以毁婚是极其不道德的事。而于佛家来说，为保一门亲，愿舍十座庙，正体现了佛教的宽容与大爱。

其十　黄河大铁牛一

本该卖力在田畴，命载通桥镇泛流。

孰料河移拦坝起，泥沙裹没影无留。

后语

　　黄河大铁牛位于古黄河蒲津渡。《易经》说："牛象坤，坤为土，土胜水。"古人云："兵来将挡，水来土掩。"铸铁牛置于河岸，铁牛系铁索、铁索连舟船，舟船成通桥。景点解说词说铁牛铸造精美，形象生动，是集中国哲学、艺术、铸造工艺及实用性于一体的杰作，应该不差。

十一　黄河大铁牛二

泥中想必暗深幽，可遇黄龙问世由？

运转时来重见日，依然圆目劲冲头。

后语

据记载，黄河大铁牛铸于唐开元十三年（公元725年），作用为稳固蒲津浮桥，维系秦晋交通。元末桥毁，久置不用，成为"镇河铁牛"。明代又先后四次用铁牛建桥，到清朝因黄河改道，逐渐为泥沙埋没。20世纪40年代，河水沿蒲州西城墙外流过，枯水季节，下水还可摸到铁牛牛角，行船时有被牛角挂伤船底的情况发生。50年代后，三门峡库区蓄洪，河床淤积，再加上河水西移，到了六七十年代，铁牛已被深埋于黄河水面下两米有余的河滩里了。

1989年8月，在蒲津渡遗址上经勘查发掘，处于黄河古道东岸的四尊铁牛出土。

十二　鹳雀楼

千里慕登鹳雀楼，依稀白日大河流。

今生不怨眼无慧，古者明言讲到头。

后语

　　北宋科学家沈括在《梦溪笔谈》中记道："河中府鹳雀楼三层，前瞻中条，下瞰大河。唐人留诗者甚多，惟李益、王之涣、畅诸三篇能状其景。"李益的《登鹳雀楼》："鹳雀楼西百尺樯，汀洲云树共茫茫。汉家箫鼓空流水，魏国山河半夕阳。事去千年犹恨速，愁来一日即为长。风烟并起思乡望，远目非春亦自伤。"王之涣的《登鹳雀楼》："白日依山尽，黄河入海流。欲穷千里目，更上一层楼。"畅诸的《题鹳雀楼》："迥临飞鸟上，高出世尘间。天势围平野，河流入断山。"

　　三首同为唐人写鹳雀楼的诗，水平皆甚高，然唯王之涣为今人耳熟能详，另二人则知之甚少。依余愚见，李益诗咏史、思乡情重，重点在情；畅诸篇则视角高绝，重点在景；王之涣篇写景则旷远，发志尤为高远，妙在景、志并重。这三篇本无优劣，只有更优。王之涣篇能为历代称颂，以致为乳儿启蒙篇，历史已给出了证明。

十三 余韵

老是想填词，兴来总似诗。

感觉还不错，点水指山时。

自离黄高地，河东复又西。

才疏无所作，可矣算游痴。

后语

　　1980年9月，我入学太原机械学院学习机械工程，1984年7月毕业分配至重庆国营庆江机器厂，其后35年没到过山西。2019年5月，太原同学组织聚会，搞得还挺隆重，到了二十七八位，出席率很高了。聚会结束，本想去当年没去过的景点游览观光，不巧家里有事，只去了个平遥古城就回去了。

　　到山西前，只对山西两个地方有印象。一个是文水县，因为出了个女英雄刘胡兰；一个是昔阳县，因为有农业的旗帜大寨大队。当时高考填志愿时填了太原机械学院，竟还不知道太原是山西的省会。到太原后才知道山西的历史文化底蕴相当深厚，可惜当年既没有意识，也没有经济条件对山西做深入了解，只去过太原郊区的晋祠和毕业实习时顺路去了趟大同。本组12首仿佛是把山西从北到南重点游了个遍、写了个遍，其实，真正亲到亲见的就大同和平遥，当然还有学校、汾河，其余都是神游。虽说是神游，但现在科技发达，网络上文字图片、影像视频资料丰富，再加之略微的想象，跟实游区别不大。

十四　书后

句稍得意似初通，字欠先天更欠功。
平仄已然非易事，常临墨砚面渊同。

后语

　　大学同班的赵同学善画画和书法，令我非常佩服。从小学到中学，于书法（那时我们没书法这个概念，叫写毛笔字），我虽然没下大功夫，但受周围人的影响，也时常涂涂写写，在同校学生中还算可以的。但跟赵同学比相差太远，他现在是陕西省书法家协会会员，其实际水平我看远超不少国家级的书法家。近年，看了天津大学书法教授田蕴章的《每日一字每日一题》书法的讲座视频，颇受田老师一句话的启发。他说，要把字写好，琴棋诗词等素养能力很重要。于是，我兴致来了就捡起久违了三十多年的毛笔，临摹了一阵欧阳询的千字文，把本组的前13首抄了一遍。抄完一看，虽自觉很是不好看，但又不可能更好了，感叹了一番，于是又有了第14首。后来想法又来了，干脆再写了个题目《山西重游记》，附上简要说明，签名盖章。接着分别把14首抄好拍照，用图片软件将其排列起来，最后写个客套句"谢谢光临，欢迎指正"，再尾以"晚知堂制"，并把定制了多时的"晚知堂"堂号章钤上。煞有介事的一个"书法"作品诞生了。发到几个小群里，反映都说好，其实我心里是很虚的。

证书

2019年9月4日

学炮兰村正少时，茫茫后路岂先知。

林林本证衣何处？遁入旁门估价师。

后语

一日无事，翻翻抽屉，把历年各种证件、证书归拢归拢，结果大吃一惊。包括毕业证、上岗证、资格证、准考证、培训考试合格证等在内的各种证件，多也不多少也不少，装满了一抽屉。其中目前时不时要用的只有太原机械学院的毕业证书和估价师资格证书。其他的只能作为个人的经历证明，躺在那里默默无声。唯一带"奖"字的只有那本苏州市的科学技术进步奖，那是在苏州电气控制设备厂工作时得的，可不知究竟是怎么回事，总之是把我的名字给写错了，把"勉"写成了"逸"。这一改，可就有意思了，走兔哇。我本属兔，在厂10年后果然走了。

离开工厂到一家房产交易公司迷茫了5年。其间干的是房产中介一类的事，还看过建筑工地。看建筑工地的过程就有点复杂了，眼见它下桩了，眼见它楼起了，眼见它换房放炮了，自己还在旧房里窝着。既然工程师不称职，就去考个经济师职称，然后以此为基础，又去考土地估价师和房地产估价师执业资格证。有了新证，就到苏州工业园区的一家房地产评估公司，干起了房地产估价师这个新鲜行当。一转眼，这估价师就干了20年整，虽没干出啥名堂，还是要衷心感谢房地产估价行业，依靠它，我度过了职业生涯的下半场，并在这个行业里顺利退休。诗中"学炮"指的是大学学的是火炮设计制造专业。

75

余姚四明山二首

2019年10月

其一　柿林村

小村酷似桃源深，一井一祠一姓人。

房后屋前如意柿，吊红满树怕枝沉。

【后语】

　　2019年10月初，国庆节假期后上班，公司组织到浙江余姚市四明山团建。团建结束游大岚镇柿林村。村庄四面环山，满坡翠竹林木，不但山水秀丽，还原始古朴，山村民居原貌保持完好。全村只有沈氏一姓，据族谱记载：沈氏始祖是周文王的第十子，受封于沈地，遂以封地为姓，其后裔来此隐居。又村中仅有一口古井，井水清澈纯净，冬暖夏凉，是全村人的饮用水源。故有"一村一姓一家人，一口古井饮一村"之说。小村以出产吊红柿子闻名，房前屋后山坡满栽柿树。村中有一棵树龄三百年以上的老柿树，至今还能结果，产量还不低，乃名副其实的村宝。

其二　赤水丹山

2019年10月

赤水丹山峭壁涯，翠叠溪闹瀑飞花。

抬头仰望铁金划，恍见书家正北发。

后语

柿林村下有一条大溪，因溪水流经红土层，在红色山岩映照下，略呈红色，所以叫赤水溪。溪上有桥名"赤水桥"。过桥，迎面是长数里、高百余米的悬崖峭壁，岩壁亦呈红色，称丹崖。传说古代仙人在这里杀羊，把岩石和溪水都染红了，所以又叫杀羊岩。石间缝隙中长有杂树野花，与岩壁红绿相间，又倒映在赤水中，景色十分瑰丽，丹山赤水之名由此而得。崖壁上刻有金钩铁划的"丹山赤水"四字，据说这四个字并非宋徽宗原题，是后人集字刻的。在崖前，丁导游领诵了岳飞的《满江红》。

说起丁导这人很有意思，其人是个"60后"，长得人高马大，皮肤黝黑，体重百公斤有余。外貌虽粗犷，但心思缜密，服务周到，说话风趣幽默，有点文化底蕴。问他最擅长的导游业务是什么，答曰："我都能导。""那凭你这样的导游水平生意肯定很好。""不行不行，我这样的人该淘汰了。"接着，丁导讲了个真实的故事，说一次，有个白领美女经理到其公司联系团建业务，对导游的要求是有较高文化修养、业务水平高，特别是要人长得帅。如果人长得特别帅的话，其他差点也没关系。那天正好丁导有空，又没有其他人在，老板派丁导去接待。结果美女经理一见到丁导，脑袋摇得像拨浪鼓，跟老板吵着闹着要换人。老板解释道："丁导是我们这里业务水平最高的。"那美女经理依然不依不饶，嚷嚷着不换人就换公司。为保住客户，老板不得不从其他地方抽调了个奶油小生，那美女经理才心满意足地走了。

天平山二首

2019年12月2日

其一　观枫

观枫高义园，又仰范公贤。

传语托红叶，乐忧分后先。

后语

　　苏州的天平山为国内四大赏枫地之一，且被外界赞誉"红枫甲天下"。天平山下有高义园，一园五进，依山而建，原为范仲淹祠堂所在。园入口有牌坊一座，上有乾隆御笔"高义园"三字，院内立范仲淹全身雕像。范公名言"先天下之忧而忧，后天下之乐而乐"传颂千载。

其二　一线天

径穿一线天，峭壁乃从前。

又站平天顶，始觉风渐寒。

后语

　　天平山以怪石、清泉、红枫"三绝"著称。天平山的奇石很多，包括有被称作"万笏朝天"的卓笔峰、护山奇石、一线天、飞来石、五丈石等。其中，一线天游人必经。天平山登过多次，我们这次登山，是在11月的一个下午，到了山顶，风蛮大，有点寒了。

◇ 晚知堂集

琅琊山

2019年12月31日

醉乐琅琊翁有篇，翼亭泉上已千年。

慕名过客惜文墨，免粘一知弄斧嫌。

后语

2019年12月9日，先开车到南京参加土地估价师培训，10日结束后当天晚上赶到安徽省来安县县城住下。第二天上午进行一个房地产估价项目。项目过程顺利，回程途中见有交通指示牌指琅琊山，便车头一拐直奔琅琊山而去。

我想，学过欧阳修《醉翁亭记》的绝大多数人，都知道有座山叫琅琊山。到琅琊山的时候快下午三点钟了，游客很少，树叶都落了，也没见到泉水潺潺。到了几十年前就神游过的大名鼎鼎的醉翁亭，照例拍照留念，心愿就了了。

《醉翁亭记》确实写得好，读起来朗朗上口，有散文诗的感觉。我想，如今不管谁来写琅琊山游记，绝无可能有超过欧阳公这篇的。读过此文的人都应能感受到欧阳修游山时的快乐心情，但不知是否能理解他为何那么快乐？那句"人知从太守游而乐，而不知太守之乐其乐也"，当初语文老师是怎么解释的，已经记不起来了。

赠吉林王璐

2020年5月18日

江城已退雪花银，江畔新冠又闹人。

坚壁不出王两路，窝居乐作苦修心。

后语

庚子初夏写于姑苏。时姑苏早已春过，而正值初春的江城吉林市，一不小心闹了新冠肺炎的疫情，挺严重的。同学王璐被封控在家，赠以慰之。一、二句中的"银"同"人"，因东北方言中"银""人"同音，我等经常以此打趣。第三句中的"王两路"双关，一指姓名王璐中的"王、王、路"，一指快乐写作权当修心。王同学能写，有几个长篇连载在"今日头条"等平台，非常佩服。

昆明易门四首

2020年11月23日

其一　赴差

委书派我彩云南，估价易门本不难。

虽道行程逾万里，匆匆三日便回还。

后语

　　法院的一纸估价委托书，成就了我第四次云南昆明之行。估价标的在云南易门县，离昆明市区一百多公里。正值新冠疫情近一周年之际，不敢在外多滞留，连头带尾总共三天时间。真是个去也匆匆，归也匆匆。

83

其二　宿西山

凭山夜望大观楼，早距初游卅五秋。

欲借公差闲半日，西来池畔喂红鸥。

后语

　　以前到昆明，为方便起见总住在市区。这次因从西山去易门县很是方便，就想住在西山景区边上。一下飞机，就坐地铁直奔西山，出西山站时天已黑，西山站地势很高，出站往下望去，只见远处一大片水面，不用说就是滇池了。顺着滇池两岸点点星火一路往北看，两路灯线的交叉处，隐隐感觉到那就是滇池的北端——著名的大观楼。今年来得正是时候，大批的红嘴海鸥也像往年到滇池过冬，终于可以亲观鸥景之盛况，体会西来喂鸥的感觉。

其三　说景

当年好像首登楼，也是差中趁便游。

今日西山临翠顶，难说两处景谁优。

后语

　　1985年夏，与庆江厂技术科科长一起西南调研，顺便游大观楼时科长讲了个故事。说20世纪60年代初，郭沫若游大观楼，题了首诗。多年后郭老再到大观楼，指着当年题的诗说，那几个字写得不好，因为遇上三年严重困难，饭没吃饱，字写得没力。

　　这次没去大观楼，而是上了西山顶。当年于大观楼中观大观，今天在西山顶上观大观，时间不同了，地点不同了，观大观的人也有点不同了，观到的大观肯定不同。既然观到的大观不同，那最好的评判就是各有所长，各有特色，岂可以优劣评论乎？

其四　龙门

世人多望跳龙门，处处龙门牵众魂。

跃过欢天身百价，没成恭喜在凡尘。

后语

　　前三次到昆明都因时间有限，而没到过西山的龙门景区。小鲤鱼跳龙门，是为了能变成一条大龙，可以游到天上去，过神仙日子。今天的人们念叨着跳龙门，意思也差不多。跳过龙门固然值得庆祝，但还得保持努力，不然说不定哪天还会被打回原地。没跳过的其实也不必垂头丧气，安安稳稳在尘世做个凡人，平平安安度过一生也不错。不是有首歌这样唱的吗："曾经在幽幽暗暗反反复复中追问，才知道平平淡淡从从容容才是真。"

冬日赠军哥

2020年12月

城南旧影老门东，龙虎朝都韵味浓。

自主归来多惬意，雪中信步踏寒风。

后语

　　庚子冬观老乡军哥游金陵老门东照片题。照片是在朋友圈中看到的，应该是刚发布出来，那时正开车回家，路上半小时一直想着"城南旧影"四个字，典型的平平仄仄，觉着有戏，果然到家就成了四句廿八字，发于圈中。其中"自主归来"（意即军队的干部自主择业）是后改的，原写的是"脱罢戎装"。

太仓浏家港

2021年1月16日

江尾滔滔起海头，和船浩荡几多艘？
夜读明史叹三保，七下西洋万古留。

后语

庚子冬去太仓浏家港镇看个项目，经过街头见一巨型船模，围栏上书"江尾海头"，第一次见到这个说法。看完项目时间有点晚，就没到港口去转转。晚上把明史翻出来，见《宦官列传》中郑和名居第一。并言"自和后，凡将命海表者，莫不盛称和以夸外番，故俗传三宝太监下西洋，为明初盛事云。"对郑和的功绩评价甚高。

以前，我对"太监"这个中国特有人群的感觉比较复杂，一方面以为太监是天下最可怜的男人，过着非人的生活，对他们的遭遇深表同情；另一方面认为这个人群或许由于身心受到摧残，一旦掌了大权的太监似乎很容易成为天下最可恶之人，假传圣旨、搬弄是非、陷害忠良，无恶不作。没想到太监中也有像郑和那样干伟大事业的全才。永乐三年（公元1405年），郑和率将士卒两万七千八百余人，造船航海，说他是个航海家肯定没问题。其后航海途中，在旧港，破诈降、擒酋长；在锡兰山，占贼出，趁国虚，攻其城，为优秀的军事将领也没问题。在他二十多年的航海生涯里，七下西洋，宣天子诏，赏赐君长，迎来送往，一个忙碌的外交家。他把中国的珍品输出去，把别国的宝物运进来，真一个中外物质文化交流大使。传言，今天的红木家具的木料，最初来源于下西洋回来时的压舱木。

职场

2021年3月23日

浪荡职场倒计时，行将老树妄新枝。
琴棋不擅迁书画，拈来俚语填去词。

后语

　　离退休还有两年的时间，此诗应属无病呻吟之句。虽说无病，但总归略微有些忧虑，退休后干什么呢？是否要或是该及早做些打算？语曰：少壮不努力，老大徒伤悲。古人不余欺也。

　　有一次去常熟评一座厂房，需要上到厂房顶部，约十来米高。看来看去，只能从厂房一头的外消防梯上去。我的攀爬过程被同事拍了下来，照片拍得恰到好处，正拍到人将到顶而未到顶的位置，拍出了爬梯的艰难。后来我挑了张照片，复制两份，分别题词予以说明。一张题的是："脚著谢公屐，身登青云梯。"另一张题的是："少壮不努力，老大爬楼梯。"

　　诗中的"老树妄新枝"意即树老企图长出新枝，人老想有新发展。

参观徐霞客故居

2021年4月15日

也曾机会走八方，漂荡七年茶便凉。

箭指六十弦已上，五行不定四下慌。

后语

　　接到去徐霞客镇出差的任务十分兴奋，一定要拜访下徐霞客故居。想想徐霞客真够伟大，三十多年时间里，足迹遍及如今21个省、自治区、直辖市。"达人所之未达，探人所之未知"，边游边记录，写下了六十多万字的旅行笔记，被后人整理成经典的《徐霞客游记》。子曰："学而优则仕。"中国古代社会，自汉武帝罢黜百家独尊儒术以后，重视的学问只是经史子集类儒家经典。而数学、地理、医药、天文之类实用学问，虽然对我国古代社会经济发展做出了巨大贡献，但其地位远远低于正统儒学。

　　1980年，我从当时的吴县出门到太原上学，1987年回到苏州。7年时间里到过山西太原、大同，内蒙古呼和浩特、包头，山东泰山、济南，四川成都、重庆、自贡，云南昆明、个旧，贵州贵阳，湖北武汉，陕西西安等地。后来又曾公差到东北三省历时45天，用当时的话说也算是跑过几个码头的了，结果啥事也没成。后来就基本消停了，消停了那就更不成事。

镇江二首

其一　北固楼

2021年4月17日

一览江天北固楼，神州望断有人愁。

那句廉颇能饭否，咏诵少年到白头。

后语

　　高中时读到课文中辛弃疾的《永遇乐·京口北固亭怀古》，觉得太费力，典故、人名、历史事件，读来一头雾水，理解更无从谈起，几乎每个字都要查字典、看解释，课本上只注释就是正文的几倍长。印象最深的是那句："廉颇老矣，尚能饭否？"有时同学间故装老态龙钟，边嬉边念，觉着有趣，人真老时的心境是全然没有的。

　　辛弃疾的另一首词《南乡子·登京口北固亭有怀》，有人将其与《永遇乐·京口北固亭怀古》称为北固双璧，十分赞同。我等在镇江朋友的邀请下于辛丑春登楼，不自觉地重念："廉颇老矣，尚能饭否？"岁月无情，曾经咏诵过这句词的我们，曾经少年的我们，很快就要进入老年了。就群体纵向而言，是从少年到了白头，就群体横向来说，当下又有多少少年和白发老人正同时读着这两首经典作品，体会着古人的情怀。

　　"江天一览"康熙御笔题字碑，立于金山寺。此处抄用。

其二　甘露寺

皇叔沐露喜招亲，妙计联姻假变真。

水祭情深香袅袅，怨魂一缕注江心。

后语

　　甘露寺建于东吴甘露元年（公元265年），佛寺以建造年号得名不多见。据传，《三国演义》第五十四回，"吴国太佛寺看新郎，刘皇叔洞房续佳偶"的故事就发生在这里，但我们都知道，刘皇叔逝于公元223年，从时间上来看这事儿绝无可能。不过，甘露寺的佛教属性确实淡了下来，也连累了人们对寺内一宝——宋代铸造的甘露寺铁塔——的关注度。这个铁塔可不简单，它对我国古代的铸造工艺、艺术、佛教研究有着重要的价值，是个不可多得的实物证据。

　　到了甘露寺，必到祭江亭，《三国演义》中孙尚香闻夫君刘备病殁白帝城的噩耗后，在亭里设奠遥祭，随后投江自尽。

　　不管孙刘联姻的真实历史是怎样的，《三国演义》早就深入人心。"周郎妙计安天下，陪了夫人又折兵"的故事一直为人们所津津乐道；取材并改编于《三国演义》的戏剧《别宫》《祭江》，其中的孙尚香赢得了许多人的同情和眼泪，就此我们可以感到文学、艺术的力量是多么的强大。

迎同学到江南

2021年4月24日

仙鹤翩翩降五湖，江南水色倍增娇。

匆匆一面又千里，日日思君在暮朝。

后语

2021年4月22日，常州同学来电言有陕西两同学已到常州。正巧有一吉林同学当日在无锡与我联系要来苏见面，便约其次日同赴常州。中饭后我便回苏，其余人开车沿太湖一路到苏州西山岛。见途中照片作。

太湖古称"震泽""具区"，又名"五湖""笠泽"，是古代滨海湖的遗迹，位于江苏和浙江两省的交界处，长江三角洲的南部。大约在100万年前，太湖还是一个大海湾，后来逐渐与海隔绝，转入湖水淡化的过程，变成了内陆湖泊。

游石湖

2021年4月10日

云白天蓝碧水幽，絮飞花艳鸟声溜。
桥长湖阔远山塔，遥想那朝贤四游。

后语

　　市估价协会组织徒步石湖，我去时走错了集合地点，未遇队伍，于是独自游了一遍。南石湖范堤上有一组塑像，再现了一个令人羡慕的传说，即南宋中兴四诗人范成大、杨万里、陆游、尤袤，石湖聚会，面向上方山或高谈阔论或吟诵诗文的情景，称为四贤游湖。此事暂且停留在传说阶段，没见到有确实的历史记载。如确有此事的话，那石湖的那一天该用哪些词汇描述呢？

望亭望稻

2021年8月20日

既已油油绿，行将灿灿黄。
夕阳风送浪，酌就稻花香。

后语

　　苏州市相城区望亭镇开发的"稻香小镇"，是一个农业观光旅游项目，位于苏州市西北部北太湖畔的现代农业产业园。这里实际运行已经有好几年的时间了，吸引了不少大小朋友去观光休闲。每看到网友晒出"稻香小镇"大片金灿灿稻田的照片，总是想，城里人少见多怪，我们在农村出生长大的人早就司空见惯了，没啥稀奇的。有时也想去看看，但不愿就单为此跑几十公里的路。2021年8月19日，正好到望亭某村里办事，就顺便去了一趟。走到田中，只见绿油油的一大片稻田，生长苗壮，还没抽穗，一股久违的、水稻特有的清香扑鼻而来，同时还伴随着微微的泥土清香。看样子还需两个多月的时间，经过抽穗、扬花、灌浆，以及一系列精准科学的田间管理，稻谷才能健康地完熟。到那时候，稻穗沉甸甸、金灿灿的，芬芳的稻香可就特别诱人。可以想象千百年来这样的情景重复了多少次：夕阳下，一个辛勤劳作了大半年的老农，坐在田边，望着微微秋风泛起的阵阵稻浪，想着粮食丰收了，生活有保障了，该是怎样的喜悦。到了晚上再呷上一口老酒，心情又该是多么的舒坦啊！

昆山张浦廿楼观景

2021年9月17日

廿楼观景正天蒙，黛瓦粉墙碧水拥。
只是秋收期未到，迟些稻浪看千重。

后语

2021年9月16日，到昆山市张浦镇，勘房于二十层楼。站在阳台向外望去，视野开阔，别无遮拦。楼前方是由水稻田、树木、草地组成的一张巨型的绿色地毯，粉墙黛瓦的农舍，星星点点，镶嵌其中。几条白亮亮的小河蜿蜒在屋旁地头，灰灰蒙蒙的天色，又是无边无际的背景，真一幅江南水墨画也。

雨夹雪

2022年1月

雨夹小雪共纷纷，到底终归一水盆。

境遇性情应有差，闲人却叹本同根。

后语

　　春节前去理发，路遇细雨夹小雪纷纷而下。忽地心里起了纠结：为什么会形成雨夹雪？一直同行的水分子们究竟是什么时候开始形态不同的？导致形态不同的关键因素是什么？这些问题当时想不明白，后来也忘了去想明白。答案或许很复杂，或许很简单，但答案是一定有的。话又说回来，就算现在知道了答案，又有什么意义呢？当时那种情景与心境又不可能重来一遍，徒留无限惆怅在心头。

重读自我鉴定

2022年2月6日

重见当年自鉴文，丝丝后背冷森森。

疏才已负青云志，湖畔芦房且敝身。

后语

　　一个偶然的机会，得到了当年太原机械学院毕业时填写的完整的《毕业生自我鉴定》复印件。自我鉴定是用钢笔写的，字迹已不敢认。一般能写毛笔字的人钢笔字也不会差，我的毛笔字比同龄中的多数人要好些，但钢笔字肯定不是。

　　1980年能考上大学，着实让父母在江南小镇上体面了好几年。但考上大学仅仅是考试的成功，真正的成功还是要像模像样干出点事情来。这不仅需要继续努力奋斗，还要有能力、机遇、德行等多种因素的共同作用。总的来说，我们"60后"这辈人遇上了改革开放的大机遇，真的非常幸运，剩下的就看个人能力了。

核酸二首

其一　奥密克戎

奥密克戎真讨嫌，防他万姓不安眠。

姑苏城外寒山寺，夜半钟声早测酸。

后语

　　时间到了2022年庚子年春节后，辛丑年幸运的故事没能延续。刚上班没几天，姑苏就出现了疫情，而且两个多月里连着两波。姑苏人民面对突如其来的疫情，没有慌乱，而是有条不紊地积极配合进行各项防控工作。虽然连续进行了多轮核酸检测，但人们依然乐观开朗，秩序井然，还不时地表现出姑苏特有的幽默，本首即为一例。

其二　检测

一遍一遍又一遍，两遍三遍四五遍。

六遍七遍八九遍，直到阳性都不见。

后语

　　据传，乾隆有一次和臣子纪昀等微服私访到了杭州西湖，看着西湖的美景，他沉浸其中。就在这时，天空中竟然飘起了大雪。乾隆见景生情，随口吟诵道："一片一片又一片，两片三片四五片，六片七片八九片……"乾隆写诗可谓高产，据说一生作有两万多首，这是比较有特色的一首。这第一句起就起得新颖别致大胆，第二句承也承得紧密无缝流畅。第三句该转但没转过来，可能忘情了继续"深承"，由于没有转，第四句就要合，一下合不起来，卡壳了。看皇帝陷入了尴尬，纪昀立即补救道："飞入芦花都不见。"皇帝虽然嘴上大声叫好，心里想必有点酸。这个传说可说是君臣的文采妙思，也可说是文坛趣事。

　　此处的全诗借鉴，虽然表现了人们应对新冠病毒的无奈，但也反映了人们要同其坚决斗争的决心。

惟楚有才

2022年8月25日

惟楚似稍狂，惟齐或亦然。

燕秦韩赵魏，哪处不才贤？

后语

　　2018年夏曾出差到过长沙，去过岳麓书院，到过橘子洲。四年之后同在8月，出差到湖南邵阳。车经长沙时与同行人谈起长沙岳麓书院，当然提到了书院门口那副著名的对联："惟楚有才，于斯为盛。"我有点不平地论道："惟楚有才，这楚人好像狂了点。想那春秋五霸战国七雄，难道唯有楚国才有人才吗？"可能看我年长的面上，同行几人反正是没加犹豫，齐声附和道："就是就是。"到了目的地，办完公事，就到了吃晚饭的时间。席间喝了两杯酒，侃侃而谈一通后，回到宾馆又喝了两杯茶，忽起雅兴，作成本篇四句廿字，随手发到临时任务工作群。众人又都秒回，纷纷点赞。返程后每想起那四句廿字，心里总有点犯嘀咕。于是不厌其烦地查了对联的出处，又查了新华字典对"惟"字的解释。认为原先对"惟"的理解不妥，如把联中之"惟"字理解为一个并无实意的语气助词，就不会有以上这首诗了。

小扇

2022年8月19日

小扇起清凉，风声又耳旁。

我思何以报，苦苦费愁肠。

后语

今年大暑，气温数破40℃。用小扇驱暑，大有凉感。可得扇
已有多年，至今不知如何回报，歉意日甚。

赞刘晓琴

2022年9月5日

刘家祖辈小营东，晓礼知书门好风。
琴曲当然要响起，赞词尽颂幼师功。

后语

祖父辈居兴化市东小营村，现并入永丰镇东倪村。祖父识字，幼时见其在一新扁担上写自己的名字，似为颜体，工甚，如今我等不及远矣。2022年9月5日，闻堂亲侄辈刘晓琴获"兴化市昭阳名教师"称号，作四句家族群中以贺。

记得在上小学前跟表姐回过一次老家，住了几个月。就那次回老家，有两件趣事。

一件是，一天大姑田头干活回来，发觉我不见了，急得四处寻找，还叫人帮忙到处找，最后竟是在屋中把我找到了，我在里面睡得正香。后来大姑提到此事时说："那时我是真的急死了，要是真的把你弄丢了，怎么向你父亲交代哇！"

另一件是，那次从老家回到我们住的吴县渡村后，周围的小朋友和邻居们突然发觉听不懂我讲话了，仿佛是换了个人。原来在老家住了几个月，不自觉地讲话变成老家口音了，难怪人家听不懂。不过没过多长时间，口音就复原了。

再回老家时，已经是2018年的清明时期了，那年同父母和弟一起去的，到新修的爷爷的坟上祭祀。

初冬

2022年11月19日

碎金满草地，老树沐斜阳。

万物光间客，你来我往长。

后语

　　在白马涧公园，穿过一片树林，树高、挺拔而瘦，阳光透过树林，洒一地斑斓。草地上落满了金黄的树叶，绿黄相映，油画一般。

癸卯有怀

2023年1月22日

兔临八字步，舞踏退堂音。

告旧别新帽，脱急白白身。

后语

　　八字步又称四方步，在戏曲舞台上，随着音乐节奏，进两步退一步优雅地踏起来，能够很好地表现人物轻松、愉悦的心态。

　　今年不同往年，注定有件大事要发生，那就是退休。暂时还没到时间，但可以悠起来了。挨到钟响，管他旧帽新帽，那一直在变着花样的新冠就更要不得，来个脱兔。"脱兔"一词，出处竟是《孙子兵法》中的《九地篇》，没想到。

第二篇

词

卜算子·雨中摔跤杂感

梅雨劈头浇，霉运悄来到。一脚踩偏倒地沉，疼汗星直冒。

哭又不能哭，笑亦如何笑。四大皆空不用装，喜怒由它闹。

后语

这首词应该是我第一首习作。那天下雨，约好了下午去看个项目。中午从外面回公司，刚踏上露天楼梯第一台阶，身立不正，踩到楼梯边一滑，身往前倒，胸部与阶棱重重一碰，疼得眼冒金星，额渗虚汗。项目是看不成了，只能回家静躺。这一躺居然躺了四日整，后去拍片，幸未骨折。躺着静听窗外长脚梅雨，心想这梅雨天霉的，怎么就这么倒霉，真真的无可言状。

蝶恋花·阳澄湖边遇雨

2016年4月3日

细雨蒙蒙轻打发，粘草湿花，浑似银白蜡。万线千丝谁在洒？无边帘幕从天挂。

煞是一幅薄墨画，烟水茫茫，且把渔家话。云散雾消歌自那，扁舟双桨夕阳下。

后语

2016年4月2日，逢清明小长假，在阳澄湖边小树林饭店自家人吃饭，不意外地碰上了下个不停的小雨。饭前空着肚子，冒着雨湖边走走，漫不经心地望望湖，摸摸草，赏赏花，没力气言语。次日雨又下了一整天，坐在家里飘窗上，默默地看雨又看了一天，脑子里满是湖边的雨水花草，闷了两天居然想填一曲蝶恋花。当天感觉写得还很好，可隔了几天再看，左右感觉怪怪的。自以为此曲题材有挖掘潜力，仿佛也有些意境，画面感还可以，不想就那么废了，于是开始修改。今天想来哪里不妥就换个词语，后天读来此处不溜就调个顺序，没想到断断续续改了竟年余光景，直到后来感觉实在是改不动了才罢手。

醉花阴·看梅芸游呼伦贝尔草原影作

2016年8月3日

绿草蓝天遥并线,云朵洁如练。林密越清流,上马驱羊,手挽雕翎箭。

夕阳原上多红艳,望雨飞虹现。斗酒舞旋欢,歌醉游人,不把归期念。

后语

二十多年前曾出差东北,在一望无际的呼伦贝尔草原边上经过。2017年夏本打算约几个中学同学去穿越一回,顺道看望一位在内蒙古做工程的同学。结果不知什么缘故,最后竟然没成行,甚是遗憾。这时恰有梅芸同学从呼伦贝尔草原回来,在群中晒旅游照片,看他们开车穿流、骑马射箭、羊肉奶茶、篝火晚会,玩得不亦乐乎的样子,羡慕不已。不能身临其境,只好独自夜里梦游了一趟。

次日中午吃面,店堂的电视机里正讲解李清照的《醉花阴·薄雾浓云愁永昼》。想着梦游的事,于是依葫芦画瓢,以为一曲。我感觉填词最关键的是选词牌,词牌要与表达的内容、情感、意境相适应,这点不容易,甚至有偶然运气的成分。我的词牌的储备量极其有限,只能依着刚学到的名篇的词牌葫芦描摹一番。

江城子·出青海赴敦煌途经沙漠有感

2016年9月

滔滔沙浪滚无边。夜来寒，日升炎。风狂尘暴，骇骨露丘前。一本真经千万险，身度外，叹先贤。

茫茫戈壁越千年。骆驼连，脆铃欢。红旗猎猎，丝带又西延。平定沙石呈画布，调五彩，上鲜颜。

后语

此作的雏形是在看了一部讲到玄奘西天取经的纪录片《河西走廊》后写的。时深为汉唐高僧及历代出使西域使者的坚韧所感动，也为河西走廊深厚的文化底蕴所震撼。2016年9月到青海甘肃转了一圈，体验了一下西域不一样的风情。兰州转车到西宁后，一路经塔尔寺、青海湖、茶卡盐湖走来，再经塔里木盆地前往敦煌、嘉峪关，回到兰州后回苏。在往敦煌途中，但见沙漠地连着戈壁滩，戈壁滩又连着沙漠地，苍茫凄凉扑面而来。近敦煌境，只见彩旗招展，横幅连绵，正遇敦煌市举办首届丝绸之路文博会，封全城并莫高窟，无奈绕城而过。次日登嘉峪关，望昨日之来道，想先贤之西行路，借《兰亭序》言"感慨系之矣"。

醉花阴·吊李雪康同学

2016年11月5日

六月重逢犹未远，噩耗来如电。湖渚泣无言，哽咽同桌，泪满师生脸。

才说以后常常见，从此阴阳间。悲愤向苍天，夺命中年，道理如何辩？

后语

李雪康与我都在一个镇上上学，一直从小学读到高中，高中毕业后各奔东西，不知音讯。直到2013年在木渎重逢，一起吃饭时谈起在部队时他得过乙肝。2016年6月中学同学聚会，他精气神不错，看不出有什么异常，还说只要再过几年不复发就没事了。2016年11月的一天，微信群里突然通知他已仙逝。想不到五十三四岁的人忽然就走了，惊愕之余心里空空荡荡的。想写点什么，整整两天毫无头绪，一字不能。第三日晚饭后去小外滩散步，回来后几经反复至深夜终成一首，算作悼词吧。愿李雪康同学天堂里安息。

西江月·香雪海赏梅赠同学夫妇

2017年3月2日

山半赏梅亭伫，林中弥雾香浓。从来梅艳领春风，万树枝摇花动。

凭就晶莹明雪，无须四季追踪。也甭熬岁待隆冬，刻不离梅你懂。

后语

2017年2月23日，上午光福公事毕，中午偷闲香雪海赏梅。20世纪90年代曾游过此地，但非梅花季节，原来面貌已经模糊了。诸雪明、陆双梅夫妇皆高中同学，几十年风雨同舟，感情甚笃，一时兴来戏写而赠之。当时没完全搞懂西江月词牌的格律，尤其是上下片各两平韵，结句各携一仄韵，直到重改时才对着词谱一一填正。基本格局、调侃风格保持未变。

一般认为填词难，因为格律严谨，其实只是相对而言。就像西方人权论者所倡导的自由那样，也不是绝对的、无任何约束的自由，只有在遵守了繁多、严苛的法律规范的基础上，所谓的自由才能实现。虽然填词有严格的格律限制，但汉语言丰富的词汇、表达方式，汉民族独特的审美观及丰富的人文情怀，仍然能给创作者提供相当大的发挥空间。听过一位大学教授在他的艺术哲学课程中，讲过大意是这样的话：戴着手铐、脚镣，照样能跳出优美的舞蹈。

清平乐·咏梅

2017年3月8日

赏梅何去，邓尉山高处。满目缤纷争放怒，红紫绿黄粉素。

夜来风雨春寒，花英岂忍摧残。入土安修来世，悄然再盛明年。

后语

前人咏梅词，有两首卜算子最为今人熟知。先有宋人陆游"零落成泥碾作尘，只有香如故"，默然令人唏嘘。后有现代伟人毛泽东之和词"待到山花烂漫时，她在丛中笑"，今人交口传诵。两者共同之处是都表达了梅花的献身精神，不同之处在于陆词情绪有些低沉伤感，而毛词则表达出革命家的乐观豁达。在这两种境界上，两者都可为天花板之作，后人应难以超越。此作意在写梅花在四季交替中盛开了又凋谢的轮回使命，争相怒放，也强忍风雨，凋落了不怕，还有明年再盛开。

清平乐·咏石湖行春桥

2017年3月29日

风和日丽，正踏青节气。暮见桥横残照里，往事不堪回忆。

春行桥上匆匆，水流桥下融融。要学湖仙不老，卦求欲所心从。

后语

石湖，太湖支流，居上方山东麓，相传春秋时期，范蠡携西施就是从此泛舟太湖的。石湖东面越来溪，溪上有座越城桥，当年越王勾践率兵攻吴从太湖挖通水道，屯兵土城得名。越城桥，有九环洞桥，叫行春桥。中秋石湖看串月的最佳处，可与宝带串月媲美。

南宋末著名田园诗人范成大归隐石湖养老，自号石湖居士，筑石湖别墅，又名石湖精舍。

20世纪90年代初期，石湖地区尚未开发。那时上方山后石湖边有个油漆厂，我所在电控厂的控制柜柜体在那里协作喷漆。有时星期天要去看看油漆质量，从家骑自行车抄近路就要经过行春桥。那时站在桥上四周环顾，或稻田或鱼塘，另大片的水面种着红菱等。除了当地农户，有时也能见到游人。从今天的角度看，年代悠久、史书记载的越城桥、行春桥静静躺在一片田野里，很是不可思议。后来科室活动去了旁边的上方山，路过行春桥又去

115

走了走，那次以后就没再去过。直至2017年3月6日才再上行春桥。此时石湖已成网红景点，除了两座桥，其他一点也看不到当年的影子。也难怪，于桥上屈指，春来秋往近三十回矣。

忆秦娥·龙洞

2017年4月10日

游山来，龙兴山下疑盈怀。疑盈怀，洞旁石壁，抹字难猜。

曾经沧海桑田开，浪涛涌处千花栽。千花栽，陈年往事，就地尘埋。

后语

孔望山，因孔子登山望海而得名，古又称龙兴山。山下有一洞传黄龙曾在此修炼，故称龙洞。其东西两侧有众多文人题字石刻，蔚为大观。东边有诗《看龙洞偶成》，为明闽人林廷玉谪海州通判所作，恬淡自然中似乎带些忧伤。不知什么缘故，诗后题记中的几字被凿去，遂成少有的抹字碑。那几个被抹之字引起了人们的兴趣，研究者研究多时也没考证出个结论。错字误刻？不大可能；敏感字眼？不能确定；只能由人遐想不已。西边篆刻有王同擢升南京离任海州时所作的一首六言诗，写景抒情喜气纷扬。景区管理者深知诗味，将林廷玉所作诗描黑而将王同诗作描红。

忆秦娥词能背的只有毛词《娄山关》，据说毛主席对其最后两句"苍山如海，残阳如血"甚为满意，评论界对此句评价也很高。忆秦娥词牌格律有定格和变格两种，定格为前后片各三仄韵，一叠韵，且宜为入声部。现推广的普通话中入声已派入四声中，入为仄，故可用的只有三、四声。本作采用平声韵的变格。

117

一剪梅·长沙行二首

2017年8月10日

其一　问房

盛夏忧愁待水浇。日也炎炎，路也遥遥。长沙城内客如潮，行者匆匆，知者寥寥。

麓谷房屋价几高？恭问谦声，莫把头摇。调查还要早三年，谁点迷津，暗把香烧。

后语

2017年夏，赴湖南长沙出差。虽然以前多次经过长沙，但从未下车玩过。近几年通了高铁，长沙便成了热门旅游地。有机会顺便去趟自然不错。

此次出差的任务是评估一套麓谷林语小区住宅的价格，估价目的是用于离婚析产，精度要求自然高。如是单评估住宅现时市场价的话，此任务本不难。麻烦的是还要评三年前的市场价格。在长沙我们人生地不熟，要对三年前的房屋价格进行市场调查，的确心中无底，只能碰运气了。结果运气真不赖，问来问去问到一位当年麓谷林语楼盘的销售经理，他对整个楼盘的价格历史及演变过程了如指掌。我们也用不着假装买者或卖者了，说明来意，销售经理很乐意提供帮助。于是提问、介绍、记录，一切进行得有模有样，异常顺利。对最终估价结果，当事人很满意。

　　出差前两天，刚好苏州市的中考结束，同事传阅中考语文卷。其中有一题阅读理解，考蒋捷的《一剪梅·舟过吴江》。看了考题，对整首词没印象。但其尾句"流光容易把人抛，红了樱桃，绿了芭蕉"有点眼熟，记得曾在一幅国画作品上见过。"一片春愁待酒浇。"想必蒋捷的酒量及生活质量还不错，遇到烦心事、苦恼事能够以酒解解愁。我不善酒，遇到烦心事时，只好喝点凉白开，充其量弄点汽水来透透气、消消闷了。虽然都是解愁解闷，不过蒋捷的苦闷要比我深切得多，非酒不能解。我辈浅浅夏愁尔，清水几碗足矣。

其二　瞻像

橘子洲头矗巨雕，锐目深深，长发飘飘。天公慷慨降天骄，武略文韬，独领风骚。

湘水三千起浪涛，大楚才杰，挥臂迎潮。青山隐隐尽英豪，魂气悠悠，绿水迢迢。

后语

到了长沙，橘子洲头自然不能不去。那座青年毛泽东形象的巨大雕像当然是一定要瞻仰一番的。在橘子洲南端，有一块刻有"指点江山"四个字的石头，络绎不绝的游客在其旁边拍照留念，有不少人摆出伸手臂、手指远方的pose，还真是"指点江山"。

江城子·男生和女生

2017年9月

都曾嬉戏小学童。爱蒙蒙，意眬眬。春情初解，隔座恰山同。开口欲言偏语塞，别未道，各西东。

卅七年后喜重逢。几经风，沐霜浓。桩桩往事，谈起有欢容。最讶两人曾陌路，成鸾凤，早烛红。

后语

2016年6月10日，渡村中学79届高中毕业生同学聚会，距毕业已37年整。同学中有不少是从小学一直同窗到高中毕业，聚会前除少数同学有所联系外，绝大多数我是毕业后首次见到。说起有几位要好的，因各种缘故已经去世，大家都惋惜不已。好消息是有好几对男女同学结为夫妻，众人惊呼想不到。那时的农村中学很保守，男女同学间几乎不讲话，路上遇见或相视一笑，或点个头而已。我们79届毕业时，恢复高考已有两年，大家忙着高考。学校为便于组织复习，文科、理科分过几次班，最初的班序都混了。结果高中毕业照都没拍，一大遗憾。

蝶恋花·雪

2018年1月29日

漫漫飞琼仙女化，洒洒扬扬，争望凡间下。一夜南国洁素煞，晶晶绒毯轻轻踏。

瑞雪丰年从不差，帘后烹茶，把盏低吟罢。花俏冰枝君莫讶，借来神笔同成画。

后语

2018年1月29日苏城大雪。天下大雪，本自然现象，但不同的人就有不同的感受。旧时有个关于地主、官员、秀才及乞丐对于纷纷大雪议论的经典段子，被赋予各自的阶级立场，非常精彩。今天极端的贫困虽消除了，但天降大雪，不同的人不同生存状态还客观存在。有人在吟诗作画，有人在扫雪通道，有人在拍摄雪景，有人在雪天卖菜。流传着的一句话很到位，如有岁月静好，必有负重前行。

清平乐·香雪海

2018年3月8日

吾家山去，最是观梅处。自古吴人迷此物，争睹一年一度。

绵延十里香浓，山峰湖色相拥。崖壁神名刻定，引来天下熙隆。

后语

"香雪海"这个名字起得好。苏州光福邓蔚山、吾家山地区种植梅花的历史有两千多年了。明人早有"梅花之盛不得不推吴中，而必以光福诸山为最"的说法。康熙三十五年（公元1696年），时江苏巡抚宋荦赏梅后灵光迸现、雅兴勃发，题"香雪海"三字并镌于吾家山崖壁，从此香雪海名扬天下，一跃成为全国名胜。康熙六下江南，五到香雪海圣恩寺，乾隆六下江南，必到光福香雪海赏梅，如此的荣耀，更坐实了香雪海"古代梅花名胜第一"的名号。

20世纪八九十年代，苏州市轻工系统电子电器行业涌现了以"四大花旦"领衔的著名家电产品，其中之一就是香雪海冰箱。1996年，香雪海冰箱厂与韩国三星电子合资，成立了苏州三星电子有限公司，生产三星牌（SAMSUNG）电冰箱、微波炉、洗衣机和空调，成为三星电子在中国的白色家电生产基地。香雪海品牌从此没落。

现在苏州市面上能见到香雪海品牌的，也就是香雪海饭店了。香雪海饭店从龙西路上的一个小餐馆，经二十多年发展，如今在市区有了十四五家连锁店的规模，真不容易。经营理念、市场策略等当是其成功的重要因素，"香雪海"三个字或许冥冥之中也有其贡献。

如梦令·和刘嘉睿

2018年3月10日

南外也非神住，英者别提来路。学鲤跳龙门，折桂定于今暑。休负，休负，朝暮六春辛苦。

后语

侄女刘嘉睿，年少有志，小学毕业竟能作成如梦令一首。词虽稚气，气实难能可贵。余亦不顾初学，和以鼓励。事后有改动。

125

如梦令·柳如是

2018年3月21日

班列秦淮名妓，精擅画书琴艺。恰最动人容，甘殉透凉湖底。如是，如是，赛玉胜花得气。

后语

早年曾听舍友说起过，我国有个国学大师，民国四教授之一，又称教授中的教授，他就是陈寅恪先生。他留学西洋多年，精通十几种语言，但未获任何大学文凭，更无博士学位。他视力不好，记忆力超强，著作引经据典时，叫助手从第几号书架第几排第几本某书第几页去找，真的神了。又说"文革"中康生慕名去拜访他，教授称病不见。这样一位国宝级的教授，花了三年时间，为明末的一位妓女写了八十万字的三卷本《柳如是别传》，个中原委，耐人寻味。

秦淮八艳之一的柳如是嫁给了钱谦益，但钱家始终不认。据传柳个子不高，好男装，才气横溢，有句"桃花得气美人中"深为钱赏识，并在作品中引用。电影《柳如是》中有一镜头，清军兵临南京城下时，柳如是劝钱谦益与其一起投水殉国，钱谦益试了一下水，说："水太冷，不能下。"柳如是则"奋身欲沉池水中"，被钱救起。

如梦令·庆江往事

2018年4—8月

其一　进川

车正蜿蜒西走，笛则呜呜低吼。千里赴巴山，天意地经相凑。垂首，垂首，这可要待多久？

后语

　　1984年8月，我从"太机"毕业，分配至位于重庆市綦江县的国营庆江机器厂，从苏州经上海、长沙、贵阳进川去报到。进川的绿皮车真的好挤，过道地上都坐满了人，连厕所也挤了人。我带的一只皮箱超尺寸，列车员让我去补票。从所在最后一节车厢到补票席要过七个车厢，挪了不知多长时间，好不容易过了六节，就差最后一节，实在走不动了，只得暂时放弃，直到过了贵阳站，车厢空了点，才再去补票。

其二　到厂

路远弯急坡陡，日烤衣衫湿透。恰遇赶集人，车满菜禽背篓。奇臭，奇臭，汗粪味相混就。

后语

　　火车到綦江站已经是半夜，我就在车站附近一家旅店住下。第二天一早到汽车站，准备去厂。分配时给我们报到地点就是个厂代号五〇一七厂，只知道在綦江县，没具体地址。打听了一阵，好像在万盛，就买票去万盛。两三个小时到了万盛，再问五〇一七厂在哪，有人说应该在庆江，于是又回头坐车一个多小时到庆江。就在万盛到庆江的车上，正遇上赶集的农民，车上装了好多的背篓，有蔬菜、瓜果、鸡、鸭。正值8月大夏天，人的汗味、鸡鸭屎的臭味混杂在一起，实在没法形容。

其三　街饮

炎日下山之后，三五常成一溜。小店买花生，老板再来啤酒。扬首，扬首，一阵喇叭吹够。

后语

　　厂子在山沟里，报到后先是实习期，上班没啥事。下班吃了晚饭，几个能耍到一起的同伴，经常在路上溜达。路边有几家小店，我们几个是常客。一瓶重庆啤酒，一把天府花生，解解暑气，也解解烦闷。

　　从1984年起，国家对分配到三线地区的大学毕业生有优惠鼓励政策，工资取消为期一年的实习工资，直接发转正工资。也在那年，全国三线企业职工的工资多了一个名目——进山费补贴。我们厂进山费档次为九块钱，我正好用来喝酒。

其四　教授

那日黄昏时候，路上摊旁一叟。拦问挎包人，鸡蛋卖的没有？贼逗，贼逗，教授恰才班后。

后语

在分来的学生中，有一位北理工79级的学哥，万县（现重庆万州区）人。到厂后被分到厂职工大学教书，人称徐老师。徐老师性格开朗，说话极具四川式的风趣幽默。因皮肤黝黑，常穿黄军装、黄军鞋，再挎个土黄军包，乍看上去与当地老农无异，故亦戏称自己是农民。一日下班，照例挎着黄书包从学校回宿舍，看到路边有人围成一堆，便上去凑热闹。刚凑到圈边，一个当地村民拉住他问道："有鸡蛋卖的没的？"他回答道："我又不是卖鸡蛋的。"那人不信，指着他的土黄色书包说："那你包包里头装的是啥子？"这时他明白了，人家真的把他当作当地农民了。后来他把这经历讲给我们听，人人笑得前仰后合。这段子当然就成了经典，只要当年的庆江人聚会谈到徐老师，这故事一定会不厌其烦地重述一遍。

其五　出游

　　整日憋得难受，周末悄然出溜。飞骑过油滩，一个狠实跟斗。霉透，霉透，衣破玉污红漏。

后语

　　山区生活单调，除了星期天工会放场电影，就没有其他娱乐活动了，远没有城市生活那样地多彩。一个星期天，我跟游伴骑自行车到一个叫温塘的地方游泳。就在离目的地不远的下坡路的路中央，骑着自行车的我离近了才看到有一摊沥青，心里一慌，车技也不娴熟，避让不及，连人带车摔在了沥青上。胳膊腿擦破了皮，裤子被沥青粘得一塌糊涂，心想糟糕，这狼狈样如何回厂？

其六　投友

狼狈近投熟友，速整污衣伤口。晨起打躬忙，四蛋又糖汤候。挥手，挥手，新认老乡情厚。

后语

摔在沥青上正不知咋办时，游伴想到附近平山机器厂有熟人，父母辈也是江苏籍的，算是老乡了。裤子上的沥青好难处理，老乡到车间找来汽油，弄到很晚也不是很彻底。裤子没干回不去，人家热情地留宿，我们也没坚持再客气，就住下了。第二天一早起来，见到主人，我慌忙不迭地千感万谢了一番。老乡早饭准备得很丰富，特别是对我这个第一次见面的伤员老乡更是照顾有加，在一碗红糖汤中加了四个鸡蛋。一来我是从来没一下子吃过四个鸡蛋的，二来也未遇到过鸡蛋放在红糖汤中的吃法，说实话那个味道还真有点不习惯。但因这是人家的情意和待客礼仪，于是一边吃一边不停地说，好吃，好吃。

其七　周游

看罢四川奔溅，又望滇黔云卷。研调在西南，千水万山惊艳。开眼，开眼，到处景情堪恋。

后语

在厂里待了一年，第二年夏天遇到个美差。有一天我们技术科的刘科长跟我说："厂里有意上重载汽车项目，要我领头进行一次市场调研，我看我们两个姓刘的一起搞一下，愿意不？"那还用说，哪有不愿意的。调研区域是云、贵、川三省，调研访问目标单位主要有省级政府机关经委、局、办等，企业有大型矿山、钢铁厂、有色金属冶炼厂等。路线是从重庆出发，经成都、乐山、攀枝花、会理、昆明、个旧、贵阳最后回厂。调研的同时经过一些名胜古迹，顺便游玩一下。那次去的地方有成都杜甫草堂、都江堰、乐山大佛、昆明滇池大观楼、贵阳龙洞等，整整转了三个星期才回厂，众人羡慕不已。

其八　山娃

会理矿深山里，正午场栏娃倚。上问为何来？要看大佛谜底。如此，如此，山道半天晨起。

后语

在大山里的会理铜矿调研时，遇到一件事，让我终生难忘。那天该是星期天，在铜矿总部食堂吃完午饭，往招待所走。经过篮球场，球场空空荡荡，没人打球，只看到一个十一二岁模样的小男孩独自在围栏旁玩耍。我觉得很好奇，便走上前去问道："小朋友，怎么不在家啊？"小男孩答道："我家不在这里。"

"你家在哪里？"

"离这儿好远的地方。"

"那你一个人来这里干什么？"

"看电影。"

"看电影？怎么到这里看电影？"

"我家那边没电影。"

"你家离这多远？要走多长时间？"

"天一亮我就出门了，刚到一会儿。"听到这儿，我心里一个咯噔，哦哦了两下，就没再吱声，继续往招待所走。刚到招待所门口，果然看到宣传栏里今晚七点半放电影《神秘的大佛》的海报。

晚上，我也到球场去看电影。放映前我绕场转了两三圈，没见到那个中午遇上的山娃子。直到电影散场了，观众都走了，只剩下被月光洒得一片白茫茫的篮球场，也没见到他。想必山娃子已经在回家的路上了。我缓缓地抬起头，望着高高在上明晃晃的月亮，默默地念叨：月亮啊月亮，今晚你可得使劲地放光，要把山娃子走的路照得通亮。

其九　猪肘

常厌食堂肥肉，自想解回馋口。早退趁闲时，毛尽火文汤厚。猪肘，猪肘，那味可由神就？

后语

总吃食堂的回锅肉，有点厌了，想换个味道。看到路旁有卖猪肘的，于是跟同事孟建平一起买了一个。猪肘虽好吃，其毛很难处理干净。我们老家净毛用镊子，非常考验人的耐心。还是四川人的方法好，把整个猪肘放在炉膛烧一阵，到皮微黄或微黑，再用刀把皮刮净，甚是爽快。放些葱姜料酒，用电炉炖上两小时，直炖到汤如牛奶、肉如白雪，美味异常。就是现在每每想起，还有馋涎欲滴的感觉。

其十　情缘

辣妹意深情厚，厨艺人皆一手。日夜欲江东，满脑少筋没救。福透，福透，川女在他之右。

后语

四川姑娘热情开朗，尤其善于烹饪，所以娶个四川媳妇绝对没错。但对一心急着要调回老家的我来说，不太可行。

其中"在他之右"意为是他的左膀右臂。

十一　影孤

未必水清山秀，倒也常观星斗。偶尔演皮黄，灯下剧文相守。抬首，抬首，窗外月明如昼。

后语

山沟里生活虽然单调枯燥，但如能静下心来读点书、学点东西还是可以的。那时一心要回老家工作，没想过也没能力通过考研的途径跳出山沟。看些杂书娱乐，虽慰藉了心灵，却也浪费了大好青春。上次去重庆给表兄买船票，除了在新华书店买了本书，还带回一把京胡。星期天无聊时，就拿出来操练操练。可能音调得不太准，指法弓法又不规矩，拉出的京胡声既沙又哑犹如杀鸡杀鸭一般的声音，弄得上下左右邻居烦恼不已。各位邻居遭受的烦恼，换了我一时的沉浸和超脱，对不起了。

十二 又聚

屈指庆江别后，转眼卅一年久。总叹日如梭，那岁涩青时候。回首，回首，往事淡了浓酒。

后语

2018年4月24日，老同事吴传友、田蓉夫妇到苏州，距我离开庆江厂31年整。时贾文锦恰也在苏州，便邀同饮于相城区月季花园，谈往事甚多。我酒喝得略多，薄醉，脑涨，一夜无眠。每遇此类状况，自己总要暗暗沉思，不善酒的人为什么又喝多了？昏昏沉沉迷迷糊糊的，一宿没想明白。直到天大亮才恍惚得出结论：昨天几个人讲的都是过去的故事啊！原来是往事淡了浓酒。于是先成这首《又聚》，其余皆后续者也。

十三　后记

微微小野史，未与世人知。

四百寻常字，天成十二词。

调依如梦令，唯梦能如斯。

偶来现片段，难免眼盈湿。

酸甜咸苦辣，五味总丝丝。

后语

　　自我感觉，五言句用来叙事节奏明快，简洁明了，朗朗上口。尤其用在七言或其他长句为正文后作说明、总结的情况下。

一剪梅·冬日有感

2018年12月

冬季从来不胜愁，雪地冰天，刺骨风嗖。寒流遇暖也堪忧，阴雨绵绵，日隐藏羞。

翘板儿童笑甚由，下者嘻嘻，上者悠悠。古来惯见两衡求，高这喋喋，低那咻咻。

后语

2018年底至2019年初，姑苏城连雨三周，少见的冬黄梅，空气又湿又冷。此时正赶做一个估价报告，当事人不知怎的找到公司来，这个要求评高点，那个要求评低点，烦极。

其中"甚由"意为什么原由。

醉花阴·赏梅

2019年3月26日

山上赏梅人满仁，山下人趋鹜。雪海岂虚名，彩浪无边，风摆千千树。

春来她报头一簇，后百花争步。纵未艳及春，万紫千红，她把春风度。

后语

写于2019年3月。去年香雪海赏梅、咏梅的情景还未淡去，不觉已有一年时间了。这年不用去现场，闭着眼睛都能想象那壮观的香雪海。

采桑子·重阳

2019年10月25日

闲来常忆当年样，左也彷徨，右也迷茫，岁月蹉跎流大荒。

不觉几度菊花艳，多少重阳，愿后重阳，万顷阳澄万顷光。

后语

2019年重阳节，在同学群内看到西安赵同学的书法作品——毛泽东词《采桑子·重阳》。想想自己转眼也快到过重阳节的年纪了，回首颓废的青春，流逝的年华，不觉依韵作了一首，气度境界自然不算高。哪及那一句"战地黄花分外香"被今人引用千遍万遍。

如梦令·宅居

2020年2月8日

漫漫宅居旬半，懒懒啥活没干。傻傻站窗前，缓缓欠身微探。惊见，惊见，蜂舞绕梅香暗。

后语

2020年春节，疫情宅居，自初一至十五半月整，大门不敢出，自我感觉人有点傻了。北窗边有棵梅树，偶然开窗，见一蜂于梅花边飞舞。蜂采花酿蜜多应在春秋花盛季节，现刚到正月半，它就开始工作了？

如梦令·志愿者

2020年2月10日

闻令龟蛇封岸，雷火下凡出战。十四亿人民，要把病毒
隔断。甘愿，甘愿，抗疫我听召唤。

后语

武汉疫情严重致封城，全国支援武汉，半月建成雷神山、火
神山两座医院，其后又建众多方舱医院。全民抗疫，众志成城。
无数志愿者自发或有组织地加入抗疫的洪流中，成了一道亮丽的
风景。可以说，在抗疫的三年里，我们从来不缺志愿者。

如梦令，婉约风格的常用词牌。但其表达的情绪很丰富，不
仅可以是快乐的，如李清照"争渡，争渡，惊起一滩鸥鹭"；也
可以是伤情感叹的，如"知否，知否，应是绿肥红瘦"；还可以
是毛泽东式的乐观与豪迈，如"山下，山下，风展红旗如画"。

卜算子·财神

2021年2月16日

初五炮声高，接驾财神赵①。南北东西路万条，都是迎财道。

说道道非遥，运气还需要。机遇悄悄已几遭，惜不没抓到？

后语

大年初五迎财神，乃千年风俗。我们几乎都有一个发财梦，但最终梦想成真的只有少数人，于是有人就会感叹自己机会不好。其实每个人的机遇都差不多，就看你能不能抓住了。机遇往往青睐有准备的人，抓到了固然不错，没抓到的也没什么可懊悔、可惜的。

---

① 赵：指赵公明，中国民间传说中主管财源的神明。

如梦令·校友

2021年10月14日

初聚二〇一九，重聚两年之后。缘自上兰村，苏陕豫湘成友。斟酒，斟酒，都赖太机之佑。

后语

2019年夏，原太原机械学院80级陕西籍的李群到苏州，召集在苏的江苏籍、河南籍及湖南籍的三位同级校友小聚于姑苏区人民路新天伦之乐酒店。2021年10月，李群再到苏州，四人又聚工业园区斜塘老街。上兰村，太原机械学院所在地。

减字木兰花·广昌驿前古镇

2021年10月27日

路遥不意，此赴广昌因令起。远处高山，静静圩江水默言。

殷殷公字，雨雪风霜依旧壁。万亩荷莲，不见当年战火烟。

后语

接到出差广昌的通知，第一想到的不是去那里干什么，而是毛泽东的词《减字木兰花·广昌路上》。在广昌县城，了解到驿前古镇是个去处，完了公事就直奔驿前而去。

驿前古镇规模不小，20世纪二三十年代曾是红四军驻地。至今房屋墙壁还留有红军的标语，依稀可辨。标语写得很有水平，其中一联道：红军中官兵伕薪饷穿吃一样，白军里将校尉饮食起居不同。对仗工整，通俗易懂，说明红军的确是一支有文化的军队，政治宣传工作出色，人才济济。红色的"天下为公"几个大字，在一家院子的墙壁上，几十年过去了依然醒目，真不容易。

驿前镇明清时期的古建筑不少，高墙深院，很有气派，可以想象当年这里一定聚集了众多的达官显贵，也可以想象驿前镇当年的繁华与富庶。驿前镇古称莲花镇，种植莲花的历史已有千余年，所产莲子品质远近闻名。

如梦令·婚礼

2021年11月16日

今夜彩结灯秀，满座好朋亲友。绒毯亮新人，一对老天成就。喝酒，喝酒，同祝幸福长久。

后语

某天在微信群里看到一个婚礼现场的视频。视频中，新人亮相，镜头从所在桌缓缓向T台转动。镜头转动过程中，在一位站着的女士（认识的）身上停顿了五六秒钟，最后在新人身上又停了几秒钟就结束了。视频中站着的女士引人关注，她神情专注，默然不语，看着那对新人似若有所思，不容打扰。此刻她可能沉浸在当年自己做新娘时的情景中吧。

于是我就写了如下几句：那夜彩结灯秀，满座好朋亲友。红毯亮新人，有客沉默良久。喝酒，喝酒，勾忆那年时候。

写完一看感觉不错，尤其前三句，寥寥十几字，婚礼现场要素基本具备，很满意。本想发到群里，配上视频截图，大家娱乐一下。但想到自己儿子结婚的时候，作为家长的我免不了上台讲几句。我本不善演讲，如将这一篇稍做改动，既多讲了两句，又添了些文化气息，岂不美哉？于是扣下没发，等自己先用了再说。

第三篇

杂文

鹤城访同学

2004年12月

1990年春，余出差齐齐哈尔富拉尔基，经"一重"①欲访同学王璐。至门卫室问曰：有王璐否？答曰：此非鹭场，焉有鹭乎？又曰：此虽鹤城，然亦多鹭。而鹭身多白，色有黄者，未之闻也。知为误会，忙解释之。门卫电话至人事处，回曰：已调返吉林。余悸悸而归住所，初低头不悦，后忽仰面大笑。同行疑问曰：君先忧后乐，欲效范公乎？忙对曰：岂敢有此境界。

同班王璐，吉林人氏，昔入关求学，成而发此地。别后久未谋面，今千里来访不遇，故先略忧耳。但念其已早返温柔乡吉祥林，想必自那起好事连连，顺风顺水，后所以乐也。同行深叹亦谓然，遂水以贺之。后有捣文者闻此事，仿古风云：鹤城访旧友，言璐南归去。只在吉林中，地广不知处。

后语

吴语中"王""黄"同音。此篇初作应于2004年底，但找不到了，于2022年3月重写，发在"太机"班级群里。虽基本格局及风格没有变化，但遣字造句、语句流畅程度有很大改进。

---

① 一重：齐齐哈尔市富拉尔基区中国第一重型机械厂。

拍摄疑问

2014年4月28日

拍摄花朵时总在想，花的颜色为什么斑斓纷呈？请教生物老师，老师说，不同的花吸收太阳光，仅是吸收白光中的部分光线，未吸收的光线反射回来，就是我们所看到缤纷的颜色。至于什么样的花吸收什么样的光线、吸收多少，完全按照花的自身生理构造及生长阶段的需要决定。

哦，原来如此。看来是选择产生了美丽，取舍产生了多彩，而选择需要智慧，取舍乃是正道。

后语

新买了一个单反相机，拍五颜六色的花花草草时，忽然对色彩原理有些迷糊了。深究起来，觉得有点高深了。

151

小河

2014年5月6日

小镇中有一条静静的小河，小河里流淌着静静的水。这水清莹透彻，由西向东缓缓地流着，微风吹皱了它的皮肤，泛起小小的涟漪，无声无息。小小的涟漪轻拍着驳岸，依然悄无声息。

可有人知道它来自哪里？或许它听从春的召唤，由晶莹的冰雪融化而来；或许它遭冷气袭击，由棉纱般的云朵凝聚而来。可有人知道它有何经历？或许它曾在茂密林间潺潺地一路欢歌；或许它曾从百丈悬崖无畏地纵身跃下；或许它曾在大江大河默默地承重负载。今天它悄悄地来到了这里，静静地、慢慢地流着。或许它累了，进了小小的河道它不再汹涌澎湃，然而但凡有人荡舟，它依然敞开胸怀。在晴空万里的夜晚，月亮在它上有多高，在它下面就有多深。在万籁俱寂时有人来此沉思，若有所得，听着欢呼声，它定会泛起阵阵涟漪，那可是它由衷的笑容。

静静的小河，静静的水，静静的河水静静地流。

后语

　　此为游无锡荡口镇后作。到荡口时正值开放初期，不需门票。不知荡口古镇以前是什么模样，从现存格局看，恐怕仅是保留了少数规模较大的旧建筑，其余都是新建的，算是建新如旧吧。本人出生在苏南小镇，也去过不少的水乡名镇，小桥流水是它们共同的特征。游走在荡口街头，本应该没什么新鲜的，但那天不知为何对那小河之水情有独钟，回来后竟有了灵感，写下了这段文字。

驾车奇想

2014年5月20日

我心渴望飞扬，我情盼望阳光，我的脚步不再彷徨。天上的鸟儿令人心驰神往，水中的鱼儿让人静思遐想，远行的骑士是否依然风流倜傥？做一只小鸟，在蓝天下自由飞翔；做一条小鱼，在涟漪中悠闲地徜徉；做一个骑士，任思绪信马由缰。

后语

这种文字我称之为网络闲文，发表在QQ空间里。似乎写了些什么，仔细一看，好像又什么也没有写。

作为"60后"，二十来岁的时候，有件事做梦也没想到，就是在有生之年，竟能有辆属于自己的汽车。有了汽车确实方便，想去哪就去哪，自由自在。比中世纪的欧洲骑士舒服多了，风雨不着的。只是要注意安全，遵守交通规则。骑马或许还能信马由缰，开车则绝不可"信车由轮"，方向盘得自己把着。而人的思想则可以想怎么想就怎么想，想错了也没关系，没有碰撞的物理伤害。

再到山塘

2014年6月7日

5月末小假，一把阳伞，一个相机，汇入游客人流中，我又来到了山塘街。

七里山塘，自古繁华，一二等的风流富贵，美名远扬。一度的沉寂，如今又见兴旺。古老的御碑亭，依然耸立；从未闻的商馆会馆，似乎在一夜间亮相；移建的古戏台，带来了琵琶叮咚、丝竹声响；曾经的沿街民宅，也成了商铺纷纷开张；不宽的山塘河上，电动画舫来来往往，船上的人们不住地左顾右望；通贵桥、新民桥畔的夜晚，大红灯笼高高挂起，真真儿的灯火辉煌。

山塘街西尽头则是虎丘胜地，从来游人熙熙攘攘。巍巍虎丘塔，则是比萨斜塔立在了东方。往东不远处，有静静的五人墓，三百年前的一场反阉风波，彰显了苏州人的侠肝义肠。

比起东西部的喧哗，中部的山塘则是净土一方。有一幢小楼最难相忘。每当梅雨时节，斑驳的墙面，总能泛出晶莹的盐霜。老人讲，这里曾是百年的咸鱼行。就在这，我们留下了四年的时光。年轻的人们，躺在硬硬的板床，总爱游思遐想。幽黑的蚊帐，见证着当年的彷徨；潺潺的山塘河水，

155

荡漾起多少惆怅。夏天休息日的时光，一瓶啤酒，几个鸡爪，噗噗的机帆船声充斥耳旁。偶尔，涩涩的皮黄腔也会在河畔上空悠扬；记得，对面七十二家房客深处，一个浙江音在朗朗地诵着："我轻轻的招手，作别西天的云彩。"那段略带忧伤的绝唱；还有，简易的炉灶，一条鲜鱼，些许郫县豆瓣酱，虽然厨艺笨拙，也能飘出醉人的香……

后来，我悄悄地走了，正如当初悄悄地来。今天我悄悄地来了，又将悄悄离开。那年的岁月，已经留给了山塘；岁月的情怀，除了留在胸膛，还得给它找个地方。趁早吧，还来得及，把当年的梦想与彷徨，把今天的记忆和希望，刻在山塘，他的黛瓦粉墙。

后语

1987年5月，从綦江调回苏州工作，就住在山塘街469号，住了4年整。山塘街被保护得很好，一直没有大拆大建。现在山塘街东部变成了旅游景区，街面还是原貌，房屋作了修缮，只是修旧如旧。

读网友说说

2014年6月22日

茫茫网海那一边，隐隐地坐着个你。纤纤手指，直捻出字字珠玑，词词如玉，句句成丝，篇篇锦似。娓娓道平淡仍从容，恬恬然最可贵一个静，于那静处讴歌，歌自心底。未曾经意，匆匆空间相遇，虽未知真名真姓，有别号，上帝天使。无须图画，但看说说文字。纵然是人居天涯，身在海角，恰比邻里。

后语

有一好友，教书为业，文字功夫甚是了得，每天QQ空间必有说说发表。频率极高，且必附图片，美轮美奂，经年不断。在其光辉之下，我等则成字缺、词穷、句寡、段鲜、文无之辈矣，几天也憋不出一篇像样的文章。

157

漓江漂流

2015年3月23日

筏在江上行，人在画中游。两岸美景不胜收，不知何处是尽头？果然是桂林山水甲天下，游家要做客家留。这边厢，猪八戒，背媳妇，气喘吁吁，未到洞房脚未休。那边厢，姜太公，闲钓鱼，神态悠悠，刚刚放下直直的钩。何时练就状元眼？才能将那九马画山看透……

江水碧，山峰秀，山峰倒映影幽幽。江中舟，水边柳，江水潺潺，和着树上鸟鸣声声溜。声声溜，惊心头，仙仙的光景，姗姗地来迟，真真的没来由。

后语

桂林山水甲天下，20世纪70年代末从一位文科学长那里首次听到。三十多年来有关漓江风光的画作、照片及影视时有浏览，就是未亲临其境。虽早有心一游，阴差阳错，总未成行。终于在2015年3月机会来临，圆梦漓江。虽有所心理准备，但亲眼所见还是远超预期，其水光山色，说是人间仙境一点不为过，大师级画家仅能穷其一二。悦目的是山水，养眼的是风光，羡慕的是世代居住两岸的渔民，惊心的是阵阵的鸟鸣。桂林山水，画不能胜，文也不及，但穷其力，便无遗憾。

漓江上有个著名景点九马画山，导游说，谁能一下子看出山崖上的九匹马，就是当宰相的料。据说当年周恩来总理陪外宾游览漓江，一眼就辨出了九马。我看来看去，眼球瞪出眼眶，也只能看出两三匹。

梦游敦煌

2015年9月18日

向西，向西，飞车一列奔河西。

河西，河西，戈壁茫茫草木低。

壮兮，壮兮，洞窟满崖金辉里。

惊奇，惊奇，千年壁画仍彩衣。

勿嬉，勿嬉，佛陀讲经声依稀。

屏息，屏息，飞天仙笛音梁底。

可惜，可惜，西域重镇曾凋敝。

可气，可气，万千瑰宝被卷席。

可喜，可喜，丝路而今又生机。

可期，可期，不屈民族再崛起。

后语

　　此篇为2015年5月间看央视频道纪录片《敦煌》后神游敦煌所作。多年前，曾几次拜读余秋雨先生的《文化苦旅》一书，不知怎的，每读至王道士收了几个银圆，就让那个"探险家"装走了几十车的无价之宝处，便不忍卒读。国学大师陈寅恪先生称之为"文化大劫掠"，痛心疾首不已。2016年9月西游青海、甘肃，本计划瞻仰莫高窟，巧了，恰逢敦煌市举办首届丝绸之路文博会，连城带窟封锁三日不得入，无奈与之擦肩而过转奔榆林窟。

无缘莫高窟，但有榆林窟的补偿，遗憾就没那么大了。想象一下，若有一天真站在了那个藏经洞前，心情将会是怎样？

此篇格式亦为临时起意创造，与后来的《在青海湖、茶卡盐湖及路上》正好相对。

阳澄湖品蟹记

2015年11月3日

枫树红，银杏黄。风起阵阵寒，叶舞纷纷扬。眼睁睁，又是深秋模样。看夕阳渐西下，让万顷水面披霞光。阳澄湖旁，人来车往，熙熙攘攘。

气甚清清，月明朗朗。蘸着银光剥蟹黄，早忘了，杯中花雕已几两。酣饮恨无文思长，醉眼焉能翻新腔。醒酒有去处，湖中芦苇荡，心安畅。

后语

此篇为与老同事在阳澄湖边聚会品蟹后所作。秋天是个丰收的季节，春华秋实，尤秋风起、蟹脚痒，阳澄湖大闸蟹美味无比；秋天是个伤感的季节，秋风扫落叶，一片萧瑟景象。老同事多年不见，相谈甚欢，品蟹喝酒，兴致盎然。把这样的好事、雅事，用文字记录下来，不算太难。写完粗粗地一看，暗暗得意。过了几天拿出来，本想再欣赏一番，不看不要紧，一看猛一惊。说好的要记下一件雅事，结果似乎塑造了一个老而无为、落魄不得志的文人形象。怎么会这样呢？

此篇句子长短参差，有点填词的味道，其实只是顺势而为，跟着感觉走，并未遵循某个词牌格律，称之为现代自由诗倒也可以。古时有词人作自度曲的，大概可以称其为古代的自由词吧。

聊友

2016年4月3日

　　茫茫网海搜罗遍，真真挚友，悠悠牵一线。心随指尖燕点水，情似漪涟漾无限。隔江隔湖人未便，相见一瞬，何惧山水间？晶晶荧屏昼永现，幽幽夜梦又会面。

后语

　　本想填《蝶恋花》的，但平仄合不上，只好放在杂篇里了。QQ、微信开创了即时通信的新天地，无限缩短了人们的空间距离。所以有人调侃道，当今最普通的人都有顺风耳、千里眼了，平民百姓过上了以前连皇帝都不敢想的日子。

在青海湖、茶卡盐湖及路上

2016年9月17日

巍巍高原无边，无边；

莽莽草原连天，连天。

悠悠云朵似棉，似棉；

群群牛羊笃闲，笃闲。

青青海湖漪涟，漪涟；

灿灿油花美艳，美艳。

晶晶天镜耀眼，耀眼；

翩翩女子赛仙，赛仙。

条条经幡信念，信念；

皑皑毡房雪莲，雪莲。

漫漫旅程未嫌，未嫌；

处处风情堪恋，堪恋。

纷纷恼事如烟，如烟；

云儿羊儿，

我也是否悠闲？悠闲？

　　青海湖、茶卡盐湖是青藏高原的两颗明珠，青海湖油菜花甚为有名，早有向往。茶卡盐湖又名天空之镜，传说王母娘娘曾派众仙女到此游玩。难道如今旅游季节游人如织，美女云集，应王母娘娘召乎？两湖间的公路如空中飘带，把两颗明珠连起来了，一路藏族风情自是风光无限。

　　照理，有天空之镜称谓的茶卡盐湖应是摄影的天堂，可惜这里的天气不常作美，常年灰蒙蒙的，故来此摄影要有足够的耐心。运气好的话遇上晴天，那蓝天白云、无瑕的盐雕、无边的盐湖、古老的小火车，不用专业培训，人人都是摄影大师。

寄语周菊芳同学印度之行写在新年前

2016年12月24日

赞菊芳，追先贤。取真经，菩提前。盼多集，望广敛。
待回转，给念念。群友们，各有愿。心甚诚，也甚虔。弥陀
佛，定灵验。大小心愿，二〇一七统统要实现。

后语

　　于微信上得知周菊芳同学西游印度，在车上等人时吟成。

　　印度应该是个既神秘又很有特色的国家。我对印度的印象有
几个：一是唐僧取经，二是车顶坐满人的火车，三是恒河里洗澡
的人们。还有一个，印度的软件业很发达。哦，对了，印度还是
个电影大国。以前很喜欢看印度电影，印象最深的是《流浪者》，
其插曲《流浪者之歌》在20世纪七八十年代风靡一时。早年看过
不少印度电影，大多是善良战胜邪恶的主题。印度电影似乎有每
影必歌、每歌必舞的传统，其载歌载舞的场景，欢快又喜悦，很
让人享受。我想印度吸引世界瞩目的地方还有很多，希望有机会
我也能亲自到这个神秘的国度去走走看看。

泰顺游记

2019年8月24日

浙江省，泰顺县，世外桃源，九山半水半分田。路崎岖，竹连绵，红岩双瀑，也似银河挂眼前。溪鱼干，乌米饭，罗阳米面，鲜脱眉毛尝不厌。胡氏院，石门楼，日拥祥云，青墙黑瓦砖飞檐。木廊桥，百家宴，仕水碇步，赛过湘西凤凰县……

真是的，没法言，海北天南，世上美景万万千。人去巴黎纽约大世界，我往浙江温州泰顺小洞天。

后语

2019年8月，与同事一行四人去浙江省温州市泰顺县仕阳镇瑞昌村出差。虽然泰顺县城高居山上，名气不大，但一路却给我们这些初来乍到的外乡人以不断的惊喜。一上山，满山的竹子无边无尽自然不必说，红岩山并列的两条瀑布，在大雨中气势磅礴，奔腾而下，令人惊讶不已。不经意间，一块"百家宴发源地"的指示牌，又让我们大大地惊喜了一番。在仕阳镇仕阳河上，只有三三两两游客的仕水碇步①，比湘西凤凰城的长一倍还多。天然绿色小菜、小吃美味可口，又给我们留下了不错的印

——————————

① 碇步：桥梁的原始形态，学术上称堤梁桥，因其形状酷似琴键，故又名为"琴桥"。

象。苏州方言中，形容某种食物异常鲜美的话通常是这么说的："这个东西味道鲜是鲜得来，眉毛都要鲜掉了。"

回程后写本篇的前两天，遇到一件事，很有戏剧性。那天在楼道等电梯时，偶遇了我楼下的邻居，我们一照面，邻居就问："哎呀，老邻居，好久不见去哪了呀？"

"哦，你好。这几天出了趟差。"

"上哪出差了呀？"

"温州泰顺。"

"那个地方怎么样啊？"

"哦，那个泰顺啊，还真不错，有点世外桃源的味道。"

话刚说完，只见邻居鼻腔里哼了一声，头也不回的就走了，我愣了好一会儿，不知说什么好。

泰顺回来，一直想记录一下路途所见所闻，但苦于没有头绪，就没马上动手。酝酿了一阵，有点眉目了，结构排布也成型了，就开始写了。到"赛过湘西凤凰县"为止写得比较顺利，在要结尾时，却不知如何是好。苦苦思索的当口儿，想起了那天等电梯时邻居对于我去泰顺旅游的不解与嘲讽，这才有了自以为旷世的一叹："真是的，没法言，海北天南……"

差点火了

2020年7月18日

此刻，有谁？

能递来一盏明火。

让我在袅袅烟雾里，

随着闪烁的红星，

持续发出生命的光亮，

重新升起未来的信心。

后语

　　这是为一张照片配的解说词。2020年7月，在苏州市相城区一个村里评估农户房屋。为证明估价师确实是到现场评估的，项目要求拍照。不仅要拍屋内的实况，还要把估价师的工作情景拍进去。那天房屋主人非常热心，一进屋就要给我烟抽。我说不会，推了几回，主人仍坚持。为避免房主人扫兴，我就把烟叼在嘴上，没点着，就开始工作，那形象恰好被拍照的同事拍了下来。后来浏览照片时，发觉这张叼着烟，聚精会神工作的照片挺有意思。因不是刻意拍的，没有构图，但没关系，用照片处理软件一裁一剪，主题一突出，就很有味道了。再配上一段文字，就更对味儿了。想着这样的照片若放到网上，说不定也能火起来，于是就给照片和题词起一个名字——差点火了。

照相喽，照相喽

2005年春，我和新公司的同事一起去四川旅游，我们从上海虹桥机场出发，先飞绵阳住一晚，次日一早开始正式行程。汽车经李白老家江油市时，年轻的导游与我们PK了几首李白的著名诗篇。经平武县时，我们到布局类似于北京故宫、有"深山王宫"之称的报恩寺烧了炷香，傍晚到达九寨沟。第三天中午从九寨沟出来沿岷江一路狂奔南下，天黑到都江堰。第四天上午观光都江堰后赶往成都，第五天到武侯祠、杜甫草堂，然后回程。

旅途中有件事，至今记忆犹新。

那天，从九寨沟游览出来在景区广场集合，领队招呼大家合影留念。可能因为她的嗓门不够大，也可能因为大家刚从童话世界走出来，有点恍惚，再加上景区出口处人声嘈杂，大伙都没听到。领队无奈看到我，对我说："你嗓门大，你招呼下。"

我就扯开嗓子喊道："哎……"才使劲喊了个"哎"字，正要换口气继续喊"合影啦"，就被一个音量比我还大的标准重庆口音的声音打断：

"照相喽，照相喽，照集体相喽！"（"照相"两字在重庆话中发第三声，声音类似"早想"）

我不禁愣住了。这声音好熟悉、好好听哟。我一边念叨一边扭头往后看，只见一个年轻小伙子，举着一面三角旗，正招呼他的队员们拍合影。

看到我还没喊，领队推了我一把："快点喊呐，人越来越多了。"

这时我才回过神来，不自觉地也用重庆话大声喊道："照相喽，照相喽，照集体相喽！"

在苏州，我从没在人前说过重庆话，这一喊后果还是有点严重。首先，我们领队的表情像被冻住了一般；其次，我斜前方的一位女同事，手捂着肚子，笑得蹲下了身子，至少半分钟没站起来；我还感觉到了脊背发凉，回头一看，刚才音量盖过我的小伙子正瞪着我。

我感觉有些冒失，于是一边装作若无其事地继续招呼同事们合影，一边心里嘀咕道："瞪啥子眼嘛，不管怎么说我也当过三年重庆人，我讲的重庆话还是很标准的。"

后语

这是旅途中真实发生的一件趣事，再问起当年在场的同事，有人说根本就没注意到有这么回事，有人说已经记不清了。此事我对外讲过两次，一次是在招待几位重庆同事时散席前讲的，另一次是在公司团建时，我把它当作趣事儿讲了，逗得大家哈哈大笑。

后　记

子曰:"吾十有五而志于学,三十而立,四十而不惑,五十而知天命,六十而耳顺……"

我叹:我十五有而志于工,三十而未立,四十犹迷惘,五十仍奔命,六十只能耳顺。

大浪淘沙,眼看即将退休,淡出江湖,耳不顺也得顺了。所以抓紧时间,把以前记下的东西争取早日整理出来。要不然这四十多年正事没干出个名堂,旁门也没个结果,真真地要浮游了一回。本书后语的不少内容参考了网络,所以说,如今科技发达的社会,带来了太多的便利。

本书得以顺利出版,要感谢北京中尚图文化传播有限公司和国际文化出版公司编辑老师的辛勤劳动、大力支持,在此一并表示衷心感谢!